著 水辺野かわせみ
ill. はりもじ
最凶災厄の冒険者は一度死んでから
人助けに奔走する 2
The adventurer called the worst disaster is busy for good deeds after he died once.
TOブックス

The adventurer called the worst disaster is busy for good deeds after he died once.

Contents

第三章 5

第四章 125

番外編 331
受け取ってくれるかな？シリューさん

あとがき 348

Illustration／はりもじ
Design／小久江厚+アオキテツヤ（musicagographics）

Characters

シリュー・アスカ（明日見 僚）

孤児院出身の高校2年生。勇者召喚で異世界に送られたものの、
魔力もスキルもなし、挙げ句「災厄をもたらす者」として殺されてしまう。
しかし唯一持っていたギフト「生々流転」の力で蘇り、チート能力を授かる。
名をシリュー・アスカと改め、病気で亡くなった幼馴染であり
初恋の人、森崎美亜を捜す旅を始めた。

ミリアム

レグノスの街の神官。
スタイル抜群で誰もが振り返るほどの美少女であり、
魔力・膂力ともに抜群だが、うっかり物を壊したり、
何回も道に迷ったりとかなりの残念っぷり。
シリューとはひったくり犯と間違えて
追いかけ回してしまったことがきっかけで出会った。

ヒスイ

転生後、エラールの森で助けたピクシー。
普通の人間には見えないが、シリューは見たり話したりすることができる。
幼く見えるが実は百三十二歳。シリューのことをご主人様と呼んでおり、
誤解を生む独特の言葉遣いで周りを勘違いさせてしまう。

森崎美亜

シリューと同じ孤児院出身。
優しくて可愛らしいが、ちょっとおっちょこちょいで放っておけない存在。
シリューの初恋の人であり、将来を誓いあった仲だが
病気が原因で亡くなってしまった。
生前の癖や面影が異世界で出会うヒロインたちから垣間見え、
シリューからは異世界に転生しているのではないかと思われている。

*The adventurer called
the worst disaster is
busy for good deeds after he died once.*

第三章 *The third chapter*

それは、ある夏の終わり。

少しだけ高くなったように見える空と、街路樹が落とす影に涼しさを感じる朝。

スマートフォンを凝視しながら歩く森崎美亜《もりさきみあ》を眺め、明日見僚《あすみりょう》は時折首を捻《ひね》り、幾《いく》つか目に通り過ぎるバス停に目をとめた。

「なあ美亜、やっぱりバスに乗ったほうがよくない？」

「何言ってるの僚ちゃん。駅から歩いて十分だよ？　歩いていける距離だし、バス代もったいないでしょ？」

二人が向かっているのは最近できたばかりのショッピングモールで、美亜のお目当てはその中にある書店だったが、僚にはそれほど興味はなく、

〝僚ちゃんっ、夏休みのうちにここ、行ってみようよっ〟

と、朝顔のような笑みを浮かべて広告を見せる美亜に、押し切られるかたちで付き合っているだけだった。もちろん、その笑顔が僚にとって一番のご褒美なのは言うまでもなかったが。

ただし、問題が一つ。

『最寄りの駅から徒歩十分』

美亜はそう言ったし、確かに広告にもそう書いてあった。

それなのに……。

「美亜、歩いて十分だったよね？」

「そうだよ？」

額に滲《にじ》ませた汗をハンカチで拭《ぬぐ》いながら、澄ました顔で答える美亜に、僚は一抹《いちまつ》の不安を覚えた。

その心が表情に出たのだろう、美亜は僚を見つめてにっこりと笑った。

「ん？　心配なの僚ちゃん？　大丈夫っ、お姉さんに任せなさいっ」

そして、まるで子供を宥《なだ》めるような口調で、ぴんっと指を立てる。

「いや、何いきなりお姉さんぶってるんだよ、だいたい一つしか違わないじゃん」

「その一つが大きな差なんだよ、僚ちゃん？」

すたすたと自信ありげに歩いていく美亜の背中に向かい、僚は大きな溜息《ためいき》を零《こぼ》す。

「それじゃあお姉ちゃん……もう二十分は歩いてるんだけど、なんで？」

「え？」

「それにさ、ここ通るの三回目なんだけど、気付いてる？」

「え……」

ぴたりと立ち止まった美亜は、ぎぎぎ、と軋む音が聞こえてきそうなくらいぎこちなく、そして
ゆっくりと振り返った。

「迷ったな」

「……」

「迷ったよね」

「う……」

成績優秀、スポーツ万能、加えて美人でスタイルも抜群と、非常にスペックの高い美亜だったが、

とても残念な欠点が一つ。

「美亜ってさ、空間認識能力が高くないよな」

「……僚ちゃん……そこはもうハッキリ方向音痴って言って……」

美亜は拗《す》ねたように頬《ほほ》を膨らませ、大きな瞳にじんわりと涙を浮かべている。

〝今日はこれがあるから大丈夫！〟

待ち合わせた場所から出発する時、自信満々に胸を張り、どうだとばかりに見せたスマートフォンは何だったのか。

「それ、地図だろ？」

「ち、ちがっ……」

「……違くない……」

きょろきょろと誤魔化すように首を振り、美亜はスマートフォンを後ろ手に隠す。

じっ、と僚に見つめられた美亜は、渋々ながら認めた。

「ちょっと貸して」

僚に促され、美亜は顔を背けたままでスマートフォンを差し出す。

「美亜、これって現在位置表示されてるけど」

「え？」

「いや、え？　って……。もしかしてだけど、意味分かってなかったとか？」

「……」

美亜は口を尖《とが》らせぷいっと横を向き、僚と目を合わせようとしない。

「地図……見れないんだ……」

「うるさい……僚ちゃんのいじわるっ」

笑った顔はもちろんだが、拗ねた顔もかわいい、と思ったのは僚の永久の秘密だ。

それから十分ほどで、二人は目的のショッピングモールに着いた。

「凄《すご》い、僚ちゃん、ちゃんと着いた」

〝いや別に普通だけど〟

とは、僚は言わなかった。

「結構、人いっぱいだねぇ」

「ホント……で、どうする？　書店に行ってみる？」

僚は、入り口近くにある大きな案内図を指さした。

「ううん、その前にいろいろ見ていこうよ、ね」

美亜は自然に僚の手を取り、うきうきとした足取りで歩いてゆく。

そして、二階に上がるエスカレーターを降りた時、

「あれ？」

美亜が不意に立ち止まり眉《まゆ》をひそめた。

「どうした？」

「あの子……」

美亜の視線の先には五歳ぐらいだろうか、小さな女の子が今にも泣きそうな顔で、同じ所を行ったり来たりしていた。

「僚ちゃん、ちょっと待ってて」

美亜はすぐさま駆け寄り、しゃがんでその子の目の高さに合わせ優しく声を掛けた。

「どうしたの？　うちの人とはぐれちゃったの？」

女の子は声を掛けてもらって安心したのか、堰《せき》を切ったように泣き始め、何度も何度も頷いた。

「誰と来たの？」

「おばあちゃん……」

「そっか、もう大丈夫だよ。お姉ちゃんと一緒にお店の人にお願いに行こう？　そしたら探してくれるから、すぐおばあちゃんに会えるよ、ねっ」

美亜が見せる慈愛《じあい》に満ち溢れたその笑顔は、僚の心に一生残る宝物になった。

それはある夏の終わり。

日差しと影のコントラストのように、鮮やかに刻まれた心の幻影。

◇◇◇◇◇

「ニンゲンは乱暴なの……」

ヒスイがポケットの中で、小さく呟いた。

さっきのひったくりの事なのか、それとも神官少女の事なのかシリューには分からなかったが、ヒスイにとってはどっちも同じなのかもしれない。

「ごめんねヒスイ。皆が皆、そうじゃないんだけど……。怖かったよね」

シリューは申し訳ないという感情と、情けないという感情が入りまじり、眉をひそめ謝罪を口にした。

「ご主人様は悪くないの。ご主人様は凄く激しいけど、凄く優しいの。ヒスイはとろけてしまいそうなの、です」

「うん、ヒスイ。相変わらず誤解を生む言い方だね」

シリューは手に持った果物を齧《かじ》った。

ちなみに、ヒスイにも勧めてみたが、ピクシーはマナを直接体内に取り込むため、食物を摂取する必要がなく、食べるという行為自体経験がないと断られた。

「それにしても……」

短くなった前髪の一部を指で弄《もてあそ》び、シリューは溜息を零した。

神官少女の蹴《け》りを避ける際、掠《かす》って千切れた髪。

その蹴りの鋭《するど》さとパワーは、この世界の常人の域を大きく超えている。

「かわいい顔して…………かわいい顔？」

シリューは少女の顔を思い出そうとした、が、全く、少しも、いや完全に思い出せない。

「……てか、顔見てない……」

いくら思い出そうとしても、目に浮かぶ光景は紫のパンツ。そう、パンツ……。

シリューは激しく頭を振った。

「や、やばい、やばい、やばいっ。もう少しで色んなものが崩壊するとこだった！」

そんなシリューの様子に驚いたのか、ヒスイが心配そうな顔で見上げた。

「ご主人様？　大丈夫？　なの」

「あ、うん、大丈夫。悪魔の魔力に囚《とら》われるところだった……」

違う意味で凄《すさ》まじい破壊力。

「恐るべし、紫パンツ変態神官娘……」

勿論、そんな不名誉なあだ名で呼ばれているなど、神官少女本人が知る由《よし》もないが……。

「ご主人様、これから何処《どこ》へ行くの？」

「冒険者ギルドだよ。登録しとこうと思ってね」

ヒスイはちょこん、と首を傾《かし》げた。意味は分かっていないらしい。

「冒険者に登録して、素材集めをしたり、魔物を狩ったりしてお金を稼《かせ》ぐんだ」

ヒスイは納得したように、何度も頷《うなず》く。

「お金は大事なの。ご主人様なら、いっぱい魔物を狩って、いっぱいお金を貰《もら》えるの、です」

「ははは、多少ゆとりがあるくらいの生活ができればいいんだけどね。ほら、あれがそうだよ」

シリューは、通りの向かいの角に見える建物を指差した。

石造りの三階建てで、周りの商店に比べ四倍近い建坪《たてつぼ》がある。

建物の角には、盾《たて》をモチーフに剣、槍《やり》、弓が炎を背景に描かれた看板が掛けられ、一目でそこが冒険者ギルドと分かるようになっていた。

因《ちな》みに冒険者ギルドの基礎を築いたのは、三大王家を興したと同じ四代目勇者で、彼はその他にもこの世界最大の宗教、エターナエル神教を組織した。

その目的は明白で、四代目勇者の時代以降も幾度《いくど》となく訪れる、大災厄に対処するために召喚される勇者を、サポートするシステムを構築する事であった。

かなり悲惨な戦いを強いられた三代目勇者に比べて、戦闘における能力だけに留まらず、四代目勇者は政治、経済の分野においても、類《たぐい》まれな才能を持っていたようだ。

「……なんか、四代目ってかなりの天才だよなぁ……」

シリューは頭の中に、一口齧った林檎《りんご》のマークを思い浮かべた。元の世界において、それまでの価値観さえ変えた人物。

更《さら》に、物理学の常識を覆《くつがえ》した天才科学者や、人心を掌握《しょうあく》し世界中を戦火《せんか》に巻き込んだ政治家。

古くは、産業革命のきっかけとなる技術を開発した人物等……。

僚たちがこの世界に召喚されたように、他の世界から僚のいた世界に召喚された人物がいたとしたら……。

「まさかね……いや、それはないか……」

シリューは首を振りその考えを否定する。

「……ご主人様？」

ぶつぶつと独り言を呟くシリューに、ヒスイはもう一度首を傾げた。

「ああ、ごめん。何でもないんだ」

冒険者ギルドの建物の前で立ち止まったシリューは、ここに二つの入り口がある事に気が付いた。

一つはガラス窓から、不動産屋のような受付が覗《のぞ》くドア。

もう一つは古い西部劇のサルーンのような両開きのスイングドア。

シリューから見て前者が角にある建物の手前側、後者が角の奥側といった具合だ。果たしてどちらから入るべきか。

「おい小僧、そんな所に立たれちゃ通行の邪魔だぜ！」

立ったまま暫《しばら》く考えていたシリューの背後から、野太く凄みのある声が響いた。

「あ、すいません……」

振り向いた先に立っていたのは、身長二メートルはあろうかという見上げるような大男。

目つきが鋭く、眉はほとんど無いくらいに薄く、頬に残る大きな傷跡が、強面《こわもて》の顔をより一層凶悪なものにしていた。

こびり付いた返り血で、ドス黒いシミに染まった元は茶色の革鎧《かわよろい》と、傷だらけでくすんだ銀色の兜《かぶと》、背中に背負った戦斧《せんぷ》。

「あ……」

典型的な悪役……。

「ああ？　何ジロジロ見てやがる？」

これはアレだ。シリューの頭に、美亜から借りて読んだ本の内容が浮かんだ。

「いえ、あの……」

この後絡まれるパターンは、なるべくなら避けたい。

「小僧、まさかそのナリで冒険者になるつもりか？」

やっぱり来た。これは……もう諦めるしかない。

「はい……そうです」

男の眼光が鋭くなる。

シリューは、男のどんな動きにも対処できるよう、一歩引いて肩の力を抜き男を見据《みす》えた。勿論、構えた事を悟られないよう、ごく自然に。

「ほう、無理なく動ける間合いを取ったか」

シリューの眉が僅《わず》かに動く。簡単に悟られてしまった。

暫しにらみ合い、牽制《けんせい》し合うシリューと大男。

と、男が緊張を解き、その表情がふっ、と緩んだ。

「オメエ、なかなかいい面構《つらがま》えしてるじゃねえか。若ぇが死線をくぐり抜けてきた目だ」

確かに、ポリポッドマンティスとの戦いは、一人ではなかったにしろ死線と言えるかも知れない。

〝まあ、普通に死んでるけど。一回〟

シリューはそう思ったが、口には出さなかった。

「登録の受付はあっちの入口だ、入って右端のカウンターへ行きな」

男はこちらから見て奥側の角にある、スイングドアを指差した。

「困った事があったら意地張らず相談しな、それが長生きの秘訣だぜ」

ぽん、と男はシリューの肩を叩く。

「精々、死なねえようにな」

男はそう言って口角を緩めて目を細めると、シリューが今来た方へ歩き去っていった。

いい人だった。

「……なんか……うん、普通にいい人だ……」

シリューは暫くその後ろ姿を見送った後、男の指示したスイングドアのある入口へ向かった。

「ヒスイ、念のため姿消し、掛けておいて」

「はい、なの」

ヒスイの姿がポケットから消える。

光の屈折率云々《うんぬん》ではなさそうだ。重さ自体も感じないが、PPIスコープには表示されている。

因《ちな》みに、裏取引の為にピクシーを拘束する場合、魔力を遮断《しゃだん》する魔道具の籠を使うのだが、原理は牢獄《ろうごく》に使われている技術を流用したものだ。

「じゃあ、入ろうか」

シリューは、西部劇のガンマン宜《よろ》しく、スイングドアを両手で押し冒険者ギルドの建物に入っていった。

◇◇◇◇◇◇

スイングドアを抜けると、正面にハイカウンターがあり、受付の女性三人がそれぞれ、立ったままの冒険者たちの相手をしていた。

右端に一つだけローカウンターがあり、おそらくそこが強面の大男の教えてくれた登録の受付だろう。

入口から左奥には受付とは別に、後ろにグラスや酒瓶《さかびん》の並んだカウンターがあり、幾つかの丸テーブルでは冒険者のグループが談笑している。

まるでカウボーイやガンマンといったアウトローたちが、葉巻を咥《くわ》えてポーカーに興じている、そんな古い西部劇のサルーンそのままの雰囲気を醸し出していた。

シリューは誰もいないローカウンターへ進み、銀色の卓上ベルを鳴らす。

間を置かず奥のドアから出てきた若い女性が、ローカウンターの前に立ったシリューを見つけ、いらっしゃいませ、とお辞儀をした。

「冒険者登録ですか？」

少し鼻に掛かった声で、女性が尋ねた。

「はい、そうです」

「では、すぐに手続きしますので、そちらにお掛けください」

女性は手のひらを見せるように、カウンター越しの椅子を指し示した。

「レグノス冒険者ギルドへようこそ。私は受付を担当します、レノと申します。宜しくおねがいしますね」

レノは、シリューが椅子に掛けたあと、にっこりと微笑《ほほえ》んでカウンターの向い側へ着席する。

亜麻《あま》色の髪にアンバーの瞳。通称『狼の目』と呼ばれるその瞳の色にふさわしく、レノの頭頂部にはイヌ科の動物に近い形状の耳があった。

「こちらこそ、よろしくお願いします」

もっとよく見てみたいという欲求を抑え、シリューはレノに倣《なら》って頭を下げた。

「早速ですが、お名前を教えていただけますか？」

「シリューです、シリュー・アスカ」

シリューが名乗ると、レノは少し黄色味を帯びた、A四サイズ程の紙をくるりと上下に廻《まわ》し、カウンターに置く。

「こちらが申込用紙になりますので、必要事項を書き込んでいただけますか。こちらで代筆もできますが……」

レノは気を遣うように、シリューの目をじっと覗き込む。

この世界で高度な教育を受けられるのは、貴族や一部の商人だけであり、一般人の識字率《しきじりつ》はそれ程高くない。

それは冒険者も同じで、彼らの中にも読み書きのできない者は少なくない。

「いえ、大丈夫です。自分で書けますので」

シリューの言葉に、レノの表情が僅かに曇《くも》る。

「申し訳ありません。気を悪くしないでください……必ず聞くようにと、言われているものですから……」

「え？」

シリューは何気なく答えたつもりだったが、不機嫌そうに聞こえたのかも知れない。

「あ、いや、俺の方こそごめんなさい。ちょっとぶっきらぼうでしたね……」

そう言って、涼《すず》し気な笑みを浮かべるシリューに、レノは目を丸くして見入ってしまう。

「あ、あの……どうかしました？」

この世界に来てからというもの、何故か美女と接する機会が増えた気がする。

ただ、だからと言って、こうも真っすぐに見つめられると、どうにも落ち着かない。

「失礼しました。受付嬢にここまで丁寧な対応をしてくださる人は、初めてだったものですから……」

シリューにしても、常識程度の受け答えしかしていないつもりだったが、それでもこちらの世界では珍しいようだ。

どうぞ手続きの方を、と促されて、シリューは渡された用紙に目を通す。

名前、年齢、出身地、犯罪歴の有り・無し。拍子抜けするほど簡素《かんそ》な項目が並ぶ。これでは簡単に偽証《ぎしょう》できそうだが、そもそもこの世界には戸籍自体がない。

最後に、戦闘スタイル。

「……うん……魔法と、剣でいいか」

シリューは書き終えた申し込み用紙をレノに渡す。

「では、確認をしますね。お名前はシリュー・アスカさん、十七歳、ご出身は……アルヤバーン？

あの……申し訳ありません、聞いた事がないのですが……」

「ああ、ここからずっと東の果てにある、小さな国です。知らないのも無理ないんじゃないかな」

二度目の説明ともなれば、自然と口をついて出てくる。アルヤバーンはアラビア語で日本、嘘をついている訳ではない。

「……それは、随分《ずいぶん》遠くからいらしたのですね……あと、犯罪歴はなし、戦闘スタイルは魔法と剣、以上で間違いないでしょうか？」

「はい、間違いありません」

「ちなみに、使える魔法の属性をお聞きしてもいいですか？」

レノの使う敬語が少しくだけてきたが、シリューにとってはその位で丁度良かった。

「えっと、無属性に火、あとは土系ですね」

雷や光系は今のところ、メニューに表示されているだけで使った事がないので、今回は伏せておく。

「無属性を含めて三系統ですか……、凄いですね……」

「ああ、でも使えるのは、初級の魔法ばかりですから、大した事は……」

「いえいえ、複数属性を使える事自体が稀《まれ》なんです。そこは自慢できますよ」

それでは、とレノは立ち上がった。

「この内容で登録を行います。身分を保証するものをお持ちでしたら、確認のためにお預かりしますが？」

「あ、そういえば……」

シリューは、ズボンのポケットに入れた封書を取り出した。

別れ際、ギルドに登録する際に提出するようにと渡された、ナディア本人の書いた紹介状だ。

「これは……」

紹介状を受け取ったレノは、表に描かれている家紋と、裏側の封蝋《ふうろう》に捺された印章を何度も交互に確認する。

「……アントワーヌ侯爵《こうしゃく》家の印章……少々お待ちくださいっ」

レノは大慌てで、奥のドアに入っていった。

◇◇◇◇◇

「さあて、どうしたもんかな……」

冒険者ギルド、レグノス支部の三階にある執務室《しつむしつ》で、ワイアットは椅子に背を預け、咥えた葉巻をゆっくりと燻《くゆ》らせた。

五年前に冒険者を引退し、乞《こ》われる形でギルドに残ったワイアットは、その二年後にレグノス支部の支部長に就いた。

くすんだ金髪を短く刈上げ、浅黒く日焼けした肌と引き締まった筋肉。無精《ぶしょう》ひげを生やしてはいるが不潔感は無く、眼光鋭いその碧眼《へきがん》は、まさに歴戦の戦士を彷彿《ほうふつ》させる。

そのワイアットが、現在頭を悩ませているもの。

半年前、エラールの森に現れた野盗団。

一切の証拠も遺体さえ残さず、まるで煙のように姿を消す。レグノス領主の派遣した二度の討伐《とうばつ》隊《たい》も、討伐依頼を受けた冒険者ギルドのクランも、誰一人帰ってこなかった。

唯一《ゆいいつ》分かっているのは、相当数の魔物を使役《しえき》しているらしいという事だけ。

「……本部に頼んで、Aクラスのクランを派遣してもらうか……」

一人呟きながら、手に持った報告書を机に放り投げた時、ドアをノックする音が響いた。

「ああ、どうぞ。入んな」

ワイアットの掛けた声とほぼ同時にドアが開き、レノが慌てた様子で入ってきた。

「支部長っ、これをっ」

レノは右手に持った封筒を差し出す。

「どうした？　そんなに慌てて、お前さんらしくもないぜ」

「とにかく、それを見てください！」

ワイアットは封筒を手に取り、家紋と封蝋の印章を確認する。

「ほう……アントワーヌ家の紹介状か……どんな奴がこれを？」

「東方出身で茶色がかった黒髪の十七歳の少年です。恐らく貴族ではないかと……。アントワーヌ家に確認しますか？」

しばらくその封筒を見つめた後、ワイアットは首を振った。

「いや、必要ない。この印章はナディア嬢の物だ……。いいだろう、その少年とやらにギルドカードを渡してやれ」

「……中身を確認しなくてもいいんですか？」

ワイアットは片方の口角をあげ、ニヤリと笑った。

「目を通しておくから、その間そいつを引き留めといてくれ」

「分かりました」

レノは足早に部屋を出ていく。

「……面白くなりそうだ……」

一人になった執務室で、ワイアットはポケットから取り出したバタフライナイフを使い、封筒の封を切った。

「おいおい、こりゃあマジか……」

ナディアからの紹介状を読んだワイアットは、驚きのあまり思わず独り言を漏《も》らした。

たった一人の少年が、五人の野党たちを瞬きの間に倒し、更にはグロムレパード多数を瞬殺……。

「黒髪の少年って言ったか……」

ワイアットの頭に、ある疑念が浮かぶ。

仮に、書いてある事が本当なら、それができるのは恐らく只一人《ただひとり》。

「確か、エルレイン王国で半年前に召喚《しょうかん》された勇者も黒髪で、同じ位の歳じゃなかったか……」

だがワイアットは首を振り、その考えを頭の中から振り払った。

勇者は今、ソレス地方に複数出現した、B級（災害級）の魔物に対応してる筈《はず》で、ここレグノスのあるアルフォロメイ王国からは、エルレイン王国を挟み正反対の位置だ。

「……有り得んな……」

ただ、勇者でないとしても、それに匹敵《ひってき》する実力を持っている事になるが、それも怪しい。

ワイアットは、手紙の最後に書かれた言葉を凝視《ぎょうし》する。

『追伸。驚く事がありますので、どうかお楽しみに』

ジョン・ヘンリー・アントワーヌ侯爵とは、彼が爵位《しゃくい》を継ぐ前からの友人であり、ワイアットはアントワーヌ家からの指名クエストも、現役当時度々《たびたび》受けていた。

その頃十歳位だったナディア嬢は美しく聡明で、随分《ずいぶん》大人びていた反面、かなりのいたずら好きだった。

「……ナディア嬢の事だ、こりゃなんかオチがあるな……」

ワイアットは、手紙を元通りたたみ封筒に納めると口元に笑みを浮かべ、ナディア嬢の用意したオチを確認する為、いそいそと執務室を出ていった。

◇◇◇◇◇◇

「それでは、こちらがシリューさんのギルドカードになります」

レノは学生証程の白いカードと、小さな針をシリューに差し出した。

「……針？」

シリューは訝《いぶか》し気に、渡された針を取った。

カードは分かるが、針は何に使うのかよく分からない。

「一滴で構いませんので、カードの裏の四角い枠に血を垂《た》らしてください。それによって、シリューさんとカードの関連付《リンク》けが確立します」

「ああ、なるほど……」

シリューはあれこれ考えず、左の小指に針を刺した。

こういう場合、少しでも逡巡《しゅんじゅん》したらなかなか刺す事はできない。

そして、言われた通り、カードの四角い枠の中へ一滴、血を落とす。

すると、カードが明るく輝き、垂らした血が吸い込まれるように消えてゆく。

どんな構造になっているのかシリューが疑問に思う間もなく、数秒程で元に戻り、カードの表には緑のラインが一本描かれていた。

「これでカードのリンクが完了しました。冒険者のクラスとカードについて、簡単に説明しますね」

ギルドに登録される冒険者は、その実績によって八つのランクに分けられている。

上から、A〈ゴールド〉、B〈シルバー〉、C〈ブロンズ〉、D〈ブルー〉で、ここまでがプロフェッショナルクラスと呼ばれ、都市への出入りは勿論《もちろん》、移動先のギルドに届出さえ出せば、無審査で国境を越える事もできる。

「更に、Aランク冒険者には、『英雄』の称号と、爵位が授けられます」

称号や爵位に興味はないが、国境を自由に越えられるのは魅力的だ。

「プロフェッショナルクラスの下位にアンダープロクラスの緑。その下がノービスクラスになります。ここからは全て、カードの色が白になります」

E〈緑〉では、都市の出入りはプロフェッショナルクラスと同等だが、国境を越えるには審査が必要となる。F〈緑ライン三本〉、G〈緑ライン二本〉、H〈緑ライン一本〉は、都市への出入りは一般と同じく審査を受けるか、依頼証明書《クエストプルーフ》を提示する必要があり、国境を越える際は当然、通常の入国審査を受けなければならない。

やはり、Dランク以上を狙いたい所だが、とりあえずEランク入りを目指すのが良さそうだ。

「尚《なお》、ランクの昇級にはそれぞれ既定数のクエストをクリアする必要があります。またDランク以上の方には、有事の際の非常招集に応じる義務が発生します。これは、特に理由が無い場合拒否はできません」

権利があれば義務がある、という事だが、強制的な非常招集があるのなら、Dランクに上がるのも面倒だなとシリューは考え直した。

「シリューさんは新規登録ですので、Hランクからになりますね。ランクが低いうちは、受けられるクエストも限られてきますので、注意してください」

レノはカウンターの上に、そっと冊子を置いた。表紙には『ガイドライン』の文字。

「詳しくは、このガイドラインに記載されています。説明しましょうか?」

シリューはガイドラインを手に取り、パラパラと流し読みをする。

『指名クエストを受けられるのはEランクから』

『一度に受けられるクエストは三件までに限る』

『三名以上でクランを創設できる。但し上限は十二名までとする』

『クエストはギルドとの直接契約とする。どのような場合においても、下請け行為は認めない』

特に目に付いたのは、その四点だった。

「なるほど……」

一つのクランに力が集中するのを防ぎ、また、全ての冒険者をギルドがコントロールできるように、効率よく考えられたシステムのようだ。

「……いえ、これを読んでおきますので、大丈夫です。ああ、それと……」

「はい、何でしょう」

「幾つか魔物の素材を持ってるんですけど、買い取ってもらえますか？」

レノは立ち上がり、隣のカウンターに手を向ける。

「買い取りなら、こちらのカウンターで承ります。どうぞ」

「あ、いや。物が大きいのでここではちょっと……」

さすがに、カウンターの上にグロムレパードの死体を出す訳にもいかない。

「それなら、裏の倉庫を使うといい」

カウンターの奥の扉を開け、背の高い中年の男が入ってきた。がっしりした体格、目尻のしわに無精ひげ。

左奥にあるサルーンの雰囲気もあいまって、いかにもテンガロンハットとガンベルトの似合いそうな男だ。と、シリューは思った。

「お前さんが、シリュー・アスカだな。ナディア嬢の紹介状は読ませてもらったぜ」

「そうですけど……あなたは？」

ワイアットは少し慌てた様子で、咥えた葉巻を右手に取った。

「おお、すまんな。俺はこのギルドの支部長のワイアットだ。よろしくな新人さん」

「ぷっ」

シリューはすかさず、口元を手で覆った。ちょっと吹いた。

〝まんま西部のガンマンじゃないか……〟

「ん？　どうした？」

ワイアットは訝し気にシリューを見る。

「あ、いえ……ところでワイアットさん。バージルとモーガンっていう兄弟はいますか？」

思わず口にしてしまった。馬鹿な質問だが、聞かずにいられなかったのだ。

「質問の趣旨《しゅし》が良く分からんが……、妹が一人いるだけだな……っておいっ、何でそんなあからさまにがっかりしてんだっ？」

「いえ、こちらの話ですので、気にしないでください」

「いや気になるわっ」

流石、あのナディア嬢が紹介状をよこすだけの事はある。

これは余程のオチが準備されてるな、とワイアットは心の中で笑った。

「まあいい。じゃあ倉庫に案内するから、付いてきな」

確かにこの後、ワイアットはそのオチに驚く事になる。

◇◇◇◇◇◇

ギルドの建物の裏にある倉庫の隅で、支部長のワイアットと受付嬢のレノは、その光景をただ茫然とした表情で眺めていた。

「……なあ……。あいつ……最初に何て言った……」

「……確か、少し量が多いですが、驚かないで……ください……」

呟《つぶや》くようなワイアットの問いに、何とか声を絞《しぼ》り出して答えたレノは、少しだけ涙目になっていた。

「お前さん……どう思う？」

「……事実を、受け入れましょう……」

「そうだな、受け入れるしかないな」

確かにナディア嬢はオチを用意していた。だが笑えない。が、笑うしかない。

倉庫いっぱいに並べられた、動かぬ魔物たち。

二十体のグロムレパードは、心臓を貫かれたと思われる一体を除き、身体の一部が抉《えぐ》られたように損傷《そんしょう》しているものと、何かに貫かれたようなもの。

貫通したその傷は、片方が小さく、もう片方が大きく開いていた。ハンタースパイダー一体は、脚が千切れて腹が裂け、一体は胴体の半分が吹き飛び、もう一体は頭が無い。

極めつけに意味不明なのは、下半身だけのゴブリンらしきもの……。これは傷痕が炭化している。

「こりゃあ、何からツッコむべきかな……」

何を使って倒せばこんな状態になるのか。中には未だ血や体液を垂れ流しているものまである。

すべてに共通しているのは、傷はそれぞれたった一つだけという事実。

それはつまり、一体残らず、僅か一撃で屠《ほふ》ったという事だ。Gランクのゴブリンやアルミラージならともかく……。

「とんだオチを用意してくれたもんだぜ……」

「え？　なんです？」

ワイアットのぼやきに、レノは聞き返した。

「ナディア嬢さ。手紙には、グロムレパード多数を瞬殺って書いてあったんだが……」

レノが目を大きく見開きワイアットを見た。

「多数？　これが？　表現がおかしくないでしょうか」

「だよな……俺も五、六頭だと思ってたわ」

「それでも十分異常です……」

ワイアットの疑念はますます強くなる。

勇者でない事ははっきりしている。だが、実力はほぼ同等だろう。

ガイアストレージの中身をすべて出し終えたシリューが、呆《ほう》けたように佇むワイアットたちのもとに歩み寄る。

「これで全部なんですけど、買い取ってもらえますか？」

シリューはこういう反応になるだろうな、と思いながら遠慮がちに尋ねた。

「……全部出せとは言ったがな……」

ワイアットは一旦言葉を切り、葉巻を燻《くゆ》らせる。

「どうなってるのか……聞く権利はあるよなぁ」

クリスティーナたちの反応から、この手の質問が来るのは想定していた。

隠していてもいずればれる。ならば、最初から説明しておいた方が面倒を省けるだろう。

「それ程難しい事じゃありません。マジックボックスが空間魔法の一つというのは知ってますよね？」

ワイアットとレノが頷く。

「魔力によって作られた仮想空間をマジックボックスと呼ぶのですが、これはいわゆる位相空間と同一のものなんです。ですから、一つの位相《いそう》空間に幾何学《きかがく》的関数を加える事により、そこに無限次元ベクトルが発生し、さらに代数幾何学で表されるザリスキ位相に、不変数を用いたリーマン面の制限を取り払う事で、直観的な開集合の概念を定式化させ、最終的に多重構造の位相空間を同時発生させ、マジックボックスの容量を飛躍的に拡大しているわけです。ね、意外と簡単でしょ？」

シリューはにっこりと笑ったが勿論、大嘘。

思いついた難しそうな言葉を、それらしく適当に並べただけなので、もう一度説明しろと言われても、既《すで》に覚えていない。二人がどう反応するのか……。

先に口を開いたのはワイアットだった。

「あ、ああ、そうだなっ。うん、いや確かに、意外と簡単だ、うん、うん」

「この技術は、まだ研究段階なんで、核心《かくしん》部についてはお話せないんですが……」

「そ、そうだろうな、いや、かまわんよ」

笑顔を引きつらせながら、ワイアットが頷く。

そのワイアットの腕を取り、レノがシリューに聞こえない位の声で囁《ささや》く。

「……支部長、あんなのよく理解できますね……」

ワイアットはレノの顔を見ず、小さな声で答える。

「全く分からん」

「え？　でも……」

「分かったふりしとけ……」

レノはこくこくと小刻みに頷いた。

「そ、そうですねっ。意外と簡単ですねっ」

二人の反応を見て、シリューは満足げな表情を浮かべる。どうやら、はったりは成功したようだ。

「理解が早くて助かります。ところで、買い取りは……」

「ああ、そうだったな。いや、素材は全部うちで買い取る。ただ数が多いんでな、見積もりに時間が掛かる、そうだな……明日の午前中には終わらせとくから、それでいいか？」

買い取ってもらえるのなら、シリューに文句などあるはずがない。

「構いません、特に急いでるわけじゃないんで」

「じゃあ明日、金もその時用意しておく。ああ、それともう一つ質問だ。ナディア嬢の手紙にも書いてあったしな、疑うわけじゃないんだが……」

ワイアットは葉巻を持った手で、ずらりと並べられた魔物たちを指す。

「これ全部、お前さんが一人で？」

「そうです。ただ方法については今のところ話せません」

シリューはきっぱりと答える。これも聞かれる事を想定して、予め用意していた対応だ。

もっとも、数日をかけて小出しにしていく方法も考えてはいたが、それでも不信感を持たれる可能性はある。それなら、下手に誤魔化さず、全部出し尽くした方が面倒も一度で済む、はずだ。

「えっと、とくに信じてもらわなくてもいいんですけど……」

「ああ、いや、そうじゃない。ただ、どうやって倒したのか、それを聞きたかったんだが、まあ無理に答える必要は無いさ」

〝そう簡単に手の内は晒せない、か……。こいつ、新人ながらなかなか大物じゃないか……〟

ワイアットは心の中でそう呟き、思わず頬を緩めた。

「引き留めて悪かったな、もう行っていいぞ。金額は明日のお楽しみだ」

「ありがとうございます。あ、それと、当分はこの街で活動したいんで、泊まる所を探したいんです。少しくらい高くても、持ち合わせはあるので……」

「それなら、お薦《すす》めの宿がありますよ。地図を描きますから、こちらへどうぞ」

シリューは、レノに案内され倉庫をあとにした。

一人残ったワイアットは、もう一度並べられた魔物たちを眺め、ゆっくりと葉巻をふかす。

「……東の果てから来た男か……いったい何者なんだ……」

◇◇◇◇◇◇

「あれ？　何処行っちゃったのかなぁ……」

神官の少女は先程騒ぎのあった、正確には騒ぎを起こした場所に戻り、きょろきょろと辺りを見渡した。

逃げたひったくり犯を、何とか追い付いて取り押さえ、市民の通報により駆け付けた官憲隊《かんけんたい》に引き渡して事情説明をしていたため、少し時間がかかってしまった。

「……お詫び……できなかったなぁ……」

少女は頬に手を添え、弓月《ゆみづき》の眉《まゆ》を寄せた。

「変な娘だって……思われちゃったよね……」

『変な娘』を飛び越し、『紫パンツ変態神官娘』という、恥ずかし過ぎるあだ名を付けられた事など、少女は知る由もなかった。

見ると、被害者だった老婆も無事に鞄《かばん》が戻ってきたようで、今は官憲に事情を訊かれている。

結局、ただあの少年の邪魔をしただけで、何の役にも立たなかった。

「……はぁ、またやっちゃった……」

少女は大きな溜息を漏らす。

「神官殿、いつもご協力感謝します」

官憲隊士の一人が、少女に挨拶《あいさつ》をする。

「あ、いえ、お疲れ様です」

官憲隊士がいつも、と言ったのには勿論訳がある。

勇者を支援する為、四代目勇者によって組織されたエターナエル神教は、主に三つの職位で構成されている。

まず白い法衣の聖神官《プリースト》。

冠婚葬祭など祭祀を司《つかさど》り、有事の際はその優れた治癒術で後方支援を担当する。

黒い法衣は勇神官《モンク》と呼ばれ、孤児院の運営や災害被害者の保護、加えて官憲と協力し、日常的に治安の維持にあたり、冒険者並みの荒事《あらごと》に従事する事もある。

残る一つ、聖騎士団は直接戦闘の矢面《やおもて》に立ち、魔物の討伐を主な任務とする。

この少女の法衣は黒。

つまり、官憲隊と協力し、街の治安維持にあたるのが、少女の負った役目の一つという訳だ。

今回は、お世辞にも役に立ったとは言い難いが……。

「神官殿、一つ確認したいのですが……」

官憲隊士が、表面が派手に砕けた街灯の支柱《しちゅう》を指差し続けた。

「これは……神官殿が？」

「あ、え………は、はい……」

少女は力なく頷いた。

「あの、神官殿。協力は有難いのですが、こう毎回あれこれ壊されますと……」

「ご、ごめんなさい！ ごめんなさいっ、ホントに申し訳ありませんっ」

長い髪が波打つほどの勢いで、何度も何度も腰を折り頭を下げる少女。

「修理費は神殿の方に回しておきますので」

少女の願い虚しく、官憲隊士は冷静に、且つ事務的にそう告げた。

「ふぇぇぇん、やっぱりですかぁ」

「はい」

「これ以上、お給料から引かれたら、私、生活していけません……」

少女の涙ながらの訴えを、隊士はしかし、あっさりと受け流した。

「これからは自重してください、では」

「ああ、いけず……」

◇◇◇◇◇

『果てしなき蒼空亭《あおぞらてい》』

二階建てのその宿は、白を基調にした壁と青い屋根。入口の扉は屋根より少し濃い青で、その上品なコントラストにはなかなかのセンスを感じる。

シリューは、いつか二人で行こう、と美亜が見せてくれた、避暑地のペンションを思い出した。

「いらっしゃいませ！　お食事ですか？　お泊りですか？」

扉をくぐり、元気よく出迎えてくれたのは、亜麻色の髪にアンバーの瞳。そして頭には、イヌ科の動物を思わせるかわいらしい耳の生えた少女だった。

「あ、泊まりです。長期でお願いします。冒険者ギルドのレノさんから紹介されたんですけど……」

少女の顔が、ぱっと花が開いたような笑顔になる。

「レノは私の姉ですっ。私、妹のカノンって言います。お泊りなら宿帳《やどちょう》に記入をお願いしますっ、こちらへどうぞ」

元気に圧倒されながら、シリューは一階の食事処を抜け、奥のカウンターへ案内された。

「母を呼んできますので、少しお待ちくださいっ。母さーん、お泊りのお客様――！　お姉ちゃんの紹介だってーっ」

カノンは、宿中に響き渡る様な大声で母親を呼びながら、カウンターの後ろの扉へと入っていった。

おそらくそこが、厨房や事務室になっているのだろう。

幾らも待たずに、カノンが母親を伴《ともな》って戻ってきた。

「いらっしゃいませ。騒がしくてすみません、この子にはいつも言っているのですが……」

レノやカノンも美人だが、その母親もまたかなりの美人だった。四十に近い年齢の筈だが、二十代後半位に見える上に、レノにはない年齢による色気がある。

シリューはついつい見とれてしまい、慌てて目を逸らす。

「あ、いえ、大丈夫です……」

「申し遅れました、レノとカノンの母でロランと言います。この宿の女将《おかみ》です」

ロランが手を身体の前で合わせ、お辞儀《じぎ》をした。

「シリュー・アスカです」

「ではシリューさん、早速ですが宿帳に記帳願えますか」

ロランは紐《ひも》で纏《まと》めた、茶色い紙の束を広げカウンターに置いた。

「レノの紹介という事は、シリューさんは冒険者ですか？」

「はい。と、いっても今日登録したばっかりですけど」

シリューは宿帳の職業欄に冒険者と書き込んだ。

「それで、長期の滞在との事ですが、うちでは一週間ごとに前払いで宿代を頂いておりますが、よろしいですか？」

「構いません。幾らでしょうか」

「一泊二食付きで六十ディールですから……」

「四百二十ディールですね」

合計の金額を伝える前に、シリューが即座《そくざ》に正しい金額を答えた事に、ロランは少し驚いた表情を見せた。

「あの、シリューさんは、もしかして貴族の方ですか？」

この世界の常識から言えば、読み書きと計算まできる教育を受けられるのは、殆《ほとん》ど商人か貴族だけである。『アスカ』と、家名を名乗ったシリューを、貴族だと思うのは当然の反応だろう。

「……そうですが、訳あって国も家も飛び出した身です。特別な配慮《はいりょ》は必要ありません」

説明するのも面倒なので、聞かれた場合はそう答える事にしていた。

半分は本当で、半分は嘘。設定としては悪くない。

シリューは上着のポケットに手を入れ、ガイアストレージから千ディール金貨を一枚取り出した。

「すみませんが、千ディール金貨しか持ち合わせてなくて……、二週間分、八百四十ディールでいいですか？」

そう言ってシリューは、カウンターの上に千ディール金貨を置いた。

「はい、ではお釣りの百六十ディールは……」

「できれば、十ディール銀貨でお願いします」

分かりました、と頭を下げ、ロランは一旦奥の事務室へ行き、お釣りを持って戻ってきた。

「では、十ディール銀貨十六枚です」

「ありがとう、助かります」

シリューは手渡された銀貨を、数える事も無くポケットに仕舞う。

「あの、両替をしてくれるところってありますか？」

ナディアから報酬として貰った十万ディールは、全て千ディール金貨だった。

大きな買い物をするには便利だが、街の庶民向けの店では、ほぼ使いようがない。

「それでしたら、商人ギルドへ行けば、無料で両替できますよ」

「良かった……じゃあ明日にでも行ってみます」

ロランは笑顔で頷いた。

「では、お部屋に案内しますね、どうぞこちらへ。カノン、案内をお願いね」

シリューは、カノンに案内され二階へ続く階段を上がっていった。

◇◇◇◇◇◇

次の日の朝。

シリューは早めの朝食をとり、両替の為商人ギルドへと向かった。

『果てしなき蒼空亭』は、レノが（自分の実家ではあるが）自信をもって薦めてくれただけあって、長期で滞在するには申し分のないものだった。

この街での相場が、一泊二食付きで十ディールから（勿論、素泊まりなら更に安い）、という事だからかなり高目ではあるが、六十ディールを支払う価値は十分にあった。

部屋は中々の広さで、ベッドの他に、ローテーブルのついたソファーセット。隅《すみ》にはシンプルな形の平机と椅子も置いてあり、細かな作業もできる。

何よりシリューを喜ばせたのは、トイレ、洗面台に加え、風呂が各部屋に備えられていた事だ。

それに、宿屋の主人、ようするにロランの旦那さんの作る料理は、上品だが何処か庶民的でとても美味しかった。今の所、一度も本人を見ていないが……。

「さて、次は……」

商人ギルドで両替を終えたシリューは、今日これからの予定を頭に浮かべる。

先ず冒険者ギルドで、魔物を売った代金を受け取る。

それから武器と防具屋。

常識外れの魔法と超強化された身体で、素手で充分過ぎる程戦えるシリューに、今更武器や防具が必要なのかと問われれば微妙だが、冒険者となった以上、何となくそれなりに見えるようにはしたい。

割と形から入る方なのだ。

お薦めの武器屋と防具屋は宿の女将のロランが教えてくれた。

実は冒険者ギルドでレノに尋ねたのだが、公平を期すため、武器屋や防具屋、魔道具や装備品を扱う道具屋などの斡旋《あっせん》はできないとの事だった。

シリューは冒険者ギルドに赴《おもむ》き、レノと共にワイアットの待つ倉庫へ向かったのだが、いつもは知らないうちに関わる人々を驚かせるシリューが、今回は自分が驚く事になった。

「……幾らって言いました？」

「十八万九千二十二ディール五十アストだ」

頭の中で換算した額に、シリューは全身から血の気が引く思いがした。

日本円で約五千六百万……、有り得ない。

「お、おかしいでしょ、その、額……」

シリューの声が震える。

「な、おいおいっ、誤魔化してなんかないぞっ。ちゃんと今の相場に合った単価だ」

そう言ってワイアットは明細を突き出す。

「ほら、説明するから、ちゃんと明細を見ろっ。レノ、頼む」

「はい。まずグロムレパードですが、とれた肉が二千キログラムで八万ディール。骨や牙、角、爪、内臓などが二十頭分で二万ディール。魔石二十個はどれも非常に良好な状態でしたので、一個三千ディール×二十個で六万ディール。合わせて十六万ディールになります」

レノは更に続けた。

「ハンタースパイダーは、魔石三個で八千百ディール。外骨格、牙、毒袋が三体分で三千六百ディール。それに糸線が四千六百×三つで一万三千八百ディール、合わせて二万五千五百ディールですね」

糸線とは、ハンタースパイダーの腹の部分にある、糸を作る器官で、伸縮性に優れ非常に強い糸を作る事ができる。

これは、死んだ個体から取り出した後も、専用の魔道具と組み合わせる事により、一定の量を採取できるがあくまで消耗品の為、何時でも需要がありクエストが発注されている。

「今回は糸線一個につき、一千ディールのクエストが発注されていますので、三個で三千ディールが加算されます。ただ、ギルドに加入前の討伐と入手でしたので、今回はお金の支払いのみで、クエストの加算はできないのですが……」

「ああ、それは問題ありません」

更に、ゴブリンは魔石二十ディール、素材十ディール。十二体で三百六十ディール。

アルミラージが、魔石十ディール、肉九キログラム二十二ディール五十アストの五体で百六十二ディール五十アストとなっていた。

あまりの格差だが、G級のゴブリンやアルミラージとE級のハンタースパイダーやグロムレパードでは、魔石も素材も段違いの性能になるらしい。

それにしても……。

「……十八万……」

一介《いっかい》の高校生が、易々《やすやす》と手にしていい金額ではない気がして、シリューは自分でも顔が蒼ざめているのが分かった。

ここにもしナディアが居たら、おそらく満面の笑みを浮かべて、一矢報《いっしむく》いた事を喜んだだろう。いや今頃は屋敷で、シリューの蒼ざめた顔を想像しほくそ笑んでいるかも知れない。

「納得したか？」

ワイアットが尋ねた。

「……はい」

「で、全部買い取りでいいのか？」

そう言われて、シリューはさっきの説明で気になった部分を思い出した。

「グロムレパードの肉って、食べられるんですか？」

グロムレパードの肉が二千キログラムで八万ディール。百グラム四ディールは牛肉で考えれば、シリューのような庶民にはなかなか手の出ない高級品だ。

「ああ、勿論。滅多に口にできない高級品だぞ。幾らか持っていくか？」

いざという時のために、食料は持っていたほうがいいだろう。

「そうですね、じゃあ二百キログラム程……」

「分かった、二百キログラム分の八千ディール差し引いて、十八万一千二十二ディール五十アストだな。他はいいか？」

「ええ、残りは全部買い取りで」

「よし、なら交渉成立だ。今金を持ってこさせるから、引き換えに受領書にサインを頼む」

シリューは、事務員の持ってきたバッグに入った現金を受け取り、受領書にサインして、ガイアストレージに収納した。

「ああ、それとな……」

そのまま立ち去ろうとしたシリューを、ワイアットは思い出したように呼び止めた。

「お前さん、アントワーヌ家……ナディア嬢とはどんな関係なんだ？」

シリューは少しの間考えた後、振り返り口を開く。

「ワイアットさんは、ナディアさんと知り合いなんですか？」

「ああ、ナディア嬢の父親、ジ、ョ、ン、・、ヘ、ン、リ、ー・アントワーヌ卿とは昔からの悪友……」

「ぷっ」

シリューは思わず吹き出してしまった
〝なるほど、ワイアットの親友だからジョン・ヘンリーね〟

「ん？　どうした？」

「あ、こっちの話ですから、気にしないでください」

訝し気に尋ねるワイアットにシリューはきっぱりと答えた。

「いや、気になるわ！」

「そこそこ楽しめたので、失礼します」

シリューは踵《きびす》を返し出口に向かう。

「お、おい、まだ話は……」

出入口の前で立ち止まり、シリューは軽く振り返る。

「ナディアさんの手紙には何て？」

「いや、お前さんとの関係については、何も……」

「じゃあ、俺から話す事はないですね」

シリューはそう言って、涼し気な笑みを浮かべ、倉庫をあとにした。

シリューの後ろ姿を、眉をひそめて見送るワイアットに、隣に並んだレノがぽつりと声を掛ける。

「……何か……上手くはぐらかされましたね……」

「ああ、そうだな……」

「彼……何者でしょう？」

ワイアットは葉巻の煙をゆっくりと燻らせる。

「……まあ、敵じゃあないだろう。味方とも限らんが……」

◇◇◇◇◇

「さてと、何か適当なクエストでも受けてみるか……」

倉庫でワイアットたちと別れたあと、シリューは一階受付前の、壁一面に張られた依頼表に目を通していた。

その中の一つに手を伸ばした時だった。

「ケジギタリスの全草か、うん、無難な線だな」

人好きのしそうな長身の男が、にこにこと笑いながら話しかけてきた。

「ああ、俺はカミロ。Dランクだ、君は？」

「シリューです。登録したてのHランクです」

「やっぱりルーキーか。見かけない顔だと思ったよ」

カミロは納得したように小さく何度も頷いた。

「……あの……？」

随分と気さくな男だが、会ったのは今日が初めての筈だ。

「ああ、なに、特に用ってわけじゃないんだ。なんとなく気になってね。そうそう、ケジギタリスなら、森へいくより街の西にある丘の林の方が効率がいいよ」

「え？」

「ま、騙されたと思って行ってみなよ。じゃあな」

カミロは一人捲《まく》し立てた後、さっと片手を挙げて去っていった。

「……なんだったんだろ……？」

ただ、有意義そうな情報はくれたようだ。

「西の林ね……」

シリューは依頼表を壁から剥《は》がすと、受付で手続きを済まし、ギルドを後にした。

「次は何処へ行くの、です？」

スイングドアを抜けると、ポケットの中から顔だけをちょこんと出したヒスイが尋ねた。

「武器屋だよ。剣を買おうと思ってさ」

「ご主人様も武器を使うの、です？」

「うん。戦う度に、手が魔物の血とかでベットリになるのは……気持ち悪いから」

生活魔法・洗浄《アリュマージュ》で洗い流せるとはいえ、あの感覚はやっぱり好きになれない。

「ああ、あの店かな？」

通りの先に、こじんまりとした構えの店が見えた。

軒先には武器屋を示す黒く変色した、金属製の看板。

『怒りの葡萄《ぶどう》』

ロランが教えてくれた店に間違いなさそうだ。

「ヒスイ、もう暫く姿を消しておける？」

「はい、なの」

姿消しには、それなりに魔力を消費する。

「魔力、大丈夫？」

騒ぎになるのを防ぐ為、ヒスイには宿を出てからずっと、姿消しを使ってもらっていた。

「平気なの、です。ご主人様の傍にいると、お腹の辺りがじんじんして、身体が熱くなってくるのです。ヒスイはもう……もう……」

「あの、ヒスイ……？」

相変わらず、誤解を受ける様な表現だが、大丈夫という事だろう。意味はよく分からないが。

「こんにちは」

シリューは、武器屋『怒りの葡萄』のドアを開け、そっと中を覗いた。

ロランさんが教えてくれたところによると、この店に主人、ドワーフのギールはかなりの偏屈者《へんくつもの》らしい。

カウンターの奥にそのギールがいた。

身長は百四十センチメートル位で、がっしりとした筋肉質な体躯《たいく》。顔中髭に覆われ、ぎょろりとした目でシリューを睨《にら》んでいる。

「……」

いらっしゃい、もテンプレの帰れ、もない。ただ無言。

「剣が欲しいんだけど」

ギールは畏《かしこ》まったのが嫌いだから、敬語は使わず、要件を言えばそれなりには対応してくれる。

決してひるんだり、遠慮したりしてはいけない。

シリューはロランから教わった通り、堂々とそしてはっきりと、要件を伝えた。

「……」

ギールは、またも無言で顎《あご》をしゃくり、傘立てのようなものに、無造作《むぞうさ》に立てられた剣の束《たば》を指した。

『五百』

値段の書かれた木札が打ち付けられている。五百ディールなら、ほぼ捨て値の中古品だろうが、この中から気に入った物を選べという事らしい。

シリューは【解析】を使い、さっと剣の束を見ていく。

どれもこれも手入れはされているが、値段相応の物ばかりだが、二振りだけ目を引く剣があった。

シリューはその二振りを手に取り、一振りずつ鞘《さや》から抜いて確かめる。

『黒鉄の剣』
黒鉄製・千百八十四年製造・剣工ドワーフのドレフト・金額一万ディール

『魔鉄の剣』
魔鉄製・千百三十六年製造・剣工ドワーフのバダス・金額一万七千ディール

シリューは、剣の値段に息を呑《の》んだ。二振りとも、こんな無造作に扱われる様な物ではない。

店の主人であるギールが気付いていない筈もない。

と、言う事は、これは客を試しているのだろう。

二振りとも、みすぼらしい鞘に納められているのも、おそらく客の目を欺《あざむ》く為。

シリューは片方の口角だけを上げ、笑った。

「これを貰うよ。二振り千ディールでいいんだよね」

〝さあ、どう反応するかな……〟

「……お前……なんでそいつを選んだ……」

ギールがようやく口を開いた。低いしゃがれ声だが、思ったよりはっきりと聞こえる。

「あー、何となくかな？　剣に呼ばれた様な気がしたんだ。これで一振り五百ディールなら、まあまあお買い得かな」

ギールはまるで値踏《ねぶ》みするかのように、じっとシリューを睨みつける。

シリューも同じく、いつもの笑顔で睨み返す。

暫くの間それが続いたあと、ギールはふっと表情を緩めた。

「ああ、悪いがそれはダメだ。売り物じゃないんでな。お前さんには俺が見繕《みつくろ》ってやる。こっちへきな」

シリューは言われた通り、ギールの前へ立つ。

ギールはシリューの頭からつま先まで、ゆっくりと視線を這《は》わせると、カウンターの後ろの棚に飾られた、一振りの大剣を手に取り、シリューに差し出す。

「こいつを振ってみろ」

シリューは剣を受け取り、鞘から抜いた。

右手一本で上から縦に一閃《いっせん》。

素早く返し上へ。

部屋の中にも拘《かかわ》らず、大きく空気が唸《うな》る。

続いて左から横薙《な》ぎ。右から袈裟《けさ》懸《が》け。

一瞬も止まらず繰り返す。

「分かった、もういい」

シリューは剣を指先でくるりと回し、鞘に納める。

まるで、剣の重さなど無いかのような扱い方だ。

「とても、片手で扱えるようなもんじゃないんだがな……」

ずっしりと重さのある大剣を受け取りながら、ギールが驚いた顔で呟いた。

人間よりも優れた膂力《りょりょく》を誇る、ドワーフや獣人なら分かるが、シリューは線も細く力で押すタイプには見えない。だが、ギールにはシリューの欠点も見えた。

「確かに、力はあるし、スピードも申し分ない。けどなぁ……お前さん、素人か？」

「うん、まあね。剣は何回か習った程度だよ。才能は無いって言われた。スピードを活かした戦い方をしろって」

シリューは大げさに肩を竦《すく》め、両手を上げた。

「なるほどな……、打ち合うよりも、ヒットアンドアウェイか……。ならロングソードより、ショートソードの方がいいかもな」

「できれば、片刃《かたは》で、同じものが二振り欲しい」

「双剣《そうけん》か……まあお前さん程のスピードと力があれば……」

シリューは振り向いて、さっきの二振りの剣を見た。

「オイオイ、ありゃダメだぞ。売りもんじゃないって言ったろ」

「……分かった、あれは諦めるよ」

「ああそうしてくれ。その代わりお前さんに合った物を出してやる。なんか、希望はあるか？」

シリューは顎に手を添え、少しの間考える。

「……うん、そうだね。駆け出しの冒険者が持つのにふさわしい、そこそこの物が欲しいかな」

「駆け出しで……そこそこだと？」

ギールは髭で殆ど隠れた口角を上げて、ニヤリと笑った。

「分相応《ぶんそうおう》って事か。待ってな、今持ってくる」

そう言って、奥の扉へ消えてゆく。

ギールが扉を開いた時、隙間から少しだけ中を覗くと、そこが工房になっているようだった。

◇◇◇◇◇

「おや、今日は私服でお出かけかい？」

「はい、孤児院《こじいん》のお仕事もお休みなので」

恰幅《かっぷく》のいい、人の好さげな中年の寮母《りょうぼ》に声を掛けられ、神官の少女はにっこり笑った。

神殿の敷地内にある寮は、神官なら無料で利用できる。

「あんた、またやっちゃったんだって？」

寮母が言っているのは、昨日の騒ぎで壊した街灯の事だろう。

「……はい……神官長から、めちゃ怒られましたぁ……それに修理代も……」

少女は涙目で俯いた。

「まあ、気を落としなさんな！　ここなら、ただで寝泊まりできて、ご飯もたべられるんだからさ」

寮母は、少女の背中をぽんっと叩いた

「……はい、ありがとうございますぅ……」

「で、何処に行くんだい？　まさかデートじゃないだろ？」

「ち、違いますよぉっ。散歩がてら人を探そうと思って」

少女は慌てた様子でそう言った。

「ああ、昨日の男の子かい？」

「はい、それもあります……」

少女には、神教本部から与えられた任務もあったが、それを口に出す事はできなかった。

「あんまり遠くへ行かないようにね」

「え？」

少女はきょとんとした表情で聞き返した。

「あんた、レグノス《ここ》に来てからもう二か月だろう？　それなのに未だに道に迷って、帰れなくなるじゃないか……」

「な、だ、大丈夫ですぅっ。子供じゃないんですからっ、ちゃんと一人で帰れますもんっ」

両手の拳を胸の前に置き、少女は口を尖らせた。

「そうかい……、ならいいんだけどねぇ」

寮母は目を細め、穏やかに笑った。

◇◇◇◇◇◇

シリューは、東区の武器屋『怒りの葡萄』を出たあと、今度は西区にある防具屋を訪ねるため、ロランに書いてもらった地図を手に、のんびりと通りを歩いていた。

腰には、武器屋の主人のギールが選んでくれた、鋼製のショートソードが二振り。

両側に剣を固定する、特製のベルトもしっかりと身体に馴染《なじ》んで、動きを阻害《そがい》する事も違和感もなかった。

剣は勿論新品で、一振りが七百ディール、二振りで一千四百ディールのところベルトも含めて一千三百ディールにまけてくれた。

この値段なら、それこそシリューの求めた駆け出しの冒険者が持つのにふさわしい、そこそこの品、と言えるだろう。

「……えっと、この通りを左、かな？」

ロランの地図は、簡単に書かれている為、初めてこの街を歩くシリューには、少し分かりづらかった。

一つ一つ路地を確認しながら歩いていたその時。

「お兄さーん！」

通り中に響き渡るような、女性の声が聞こえた。

思い当たる節の無いシリューは、特に気に留めもせず振り返る事も無かった。

「おにいさーん！　そこの、黒髪のおにいさーんっ。あなたですよーっ」

シリューは肩を竦めて振り返る。

「え？　俺？」

通りの反対から、こちらに手を振りながら駆けてくる少女が一人。

腰に届く目の覚めるようなピンクの髪が、柔らかく風に揺れている。

「ピンクの髪って……マジで幻想的《ファンタジー》……」

思わず溜息が漏れる。

「ああ、気付いてもらえたっ」

そして、笑顔で手を振る少女の胸にあるのは、揺れる、を通り越し、勢いよく弾む二つの……メロン。

そう、林檎でもスイカでも無く、メロンだ。

シリューの目が、そのメロン、の動きに釘付けになる。

「マジで……男の理想《ファンタジー》だ……」

いや、誤解がある。あくまで、シリューの理想だ。

「良かったぁ、やっと見つけましたっ」

息を弾ませる少女の白いブラウスを、どうだっ、と言わんばかりに押し上げ自己主張する、たわわに実った破壊力抜群の双丘《そうきゅう》。

はぁはぁと少女の息に合わせて、二つの果実が更に揺れる。

クリスティーナのそれが、たゆんたゆん、なら、この少女のは……。

「ばいんばいん……って、や、やばいっ」

理性が吹き飛んでしまうギリギリのところで、シリューはなんとか視線をそのメロンから振り切った。

弓月《ゆみづき》の眉に、薄く蒼《あお》いアーモンドの大きな瞳。

鼻は高く、少し厚めの唇が無邪気な色気を演出している。紛れもない美少女だ。

だが。

「あの……どなたでしたっけ？」

「へ？」

全く見覚えがなかった。

これだけの美少女で、しかもこれだけの巨乳。

一度でも会っていれば、人の顔を覚えるのが苦手なシリューでも、忘れる筈がない。いや、胸を、という意味ではなく。

シリューはあれこれと考えを巡《めぐ》らす。

このレグノスへは昨日着いたばかりだ。

話をした女性といえば、冒険者ギルドのレノ、宿屋のロランと娘のカノン。精々その三人くらいだ。

「……もしかして、エルレインにいた時…………」

龍脈《りゅうみゃく》に落ちたショックで、記憶が消えているのだろうか。

「あ、あの、お兄さん……？」

少女は、顎に手を添え、ブツブツと独り言を呟くシリューを、訝《いぶか》し気《げ》に見つめた。

「まさか……忘れちゃったんですか？」

「ごめん、全然覚えがないんだけど……人違いじゃない？」

「そんなっ、昨日会ったじゃないですかぁ」

「え？　昨日？」

昨日と言えば……。

「そうですっ、あの、ひったくりの騒ぎのっ」

シリューの脳裏《のうり》に、はっきりと蘇《よみがえ》る、あの時の少し大人びた紫。

「あーーっっ！　紫パンツ変態神官娘!!」

「長っ！　何処からツッコめばいいんですかそれっ！　てか、紫パンツって……まさか、み、見たんですかぁっ」

少女は顔を真っ赤にして、下腹部に両手をあてて身をよじる。今更な感はあるが。

「見たって言うか、見せてたろっ、ばんばん。見ず知らずの男に、これ見よがしにパンツ見せつけるのって、女としてどうかと思うぞ、紫パンツ変態神官娘」

「だから長っ。しかも何でそんなに滑舌《かつぜつ》いいんですかぁ！　あぁそうじゃなくてっ、変態ってどういう事ですかっ」

両手の拳を胸の前に置き、少女は赤い顔のまま口を尖らせる。

「いやだから、初対面の男の目の前に、これでもかってくらいパンツを晒《さら》す、恥じらいのかけらもない露出狂《ろしゅつきょう》は、変態だろ」

「変態じゃないですもんっ！　てか、恥じらいだってありますっ！　露出狂じゃありません!!」

「いや、なんかもうあるのか無いのか訳分からん」

興奮気味に捲《まく》し立てた少女が、肩で息をする度、そのメロンな胸がばいんっ、と弾む。

眼福《がんぷく》……。

だが、それはそれ、これはこれ。

「じゃ、そういう事で」

シリューは踵を返し、さっさと歩き出す。これ以上、この紫パンツ変態神官娘に関わるつもりはなかった。

「あんっ、ちょっと待ってくださいっ」

少女はシリューの前に回り込み、腰を折って頭を下げた。

「あの、昨日は本当にすみませんでした！」

何となく体育会系のノリだ。

「あーはいはい。謝罪を受け入れます紫パンツ変態神官娘」

シリューは立ち止まりもせず、ただおざなりに、事務的に答えて通り過ぎようとする。

そんな態度のシリューに、少女は何とか振り向かせようと、必死にくいさがる。

「あ、いや、だから、ちゃんとお詫びをさせてください。ねえお兄さん、待って」

「別に、必要ないよ。それに俺、あんたのお兄さんじゃないし」

シリューは横目でチラリと少女を見ると、興味無さそうに吐き捨てた。

「ご、ごめんなさいっ。でも私、あなたのお名前しらないんですもん……」

「ああ、やっぱお兄さんでいいや」

名乗る気も、名前を聞く気もない、というシリューの頑《かたく》なな態度に、少女はしゅんと肩を落とし、涙目になる。

「……やっぱりまだ、怒ってるんですね……」

シリューはこのまま無視して行こうかと思ったが、捨てられた子猫の様な縋《すが》る目を向ける少女に、さすがに言い過ぎたと少し気が咎《とが》めた。

あくまでも少し。

「……ああ、分かったよ。せっかく謝りに来てくれたのに、ちょっとガキっぽい対応だった」

そう言って少女に、ロランの書いてくれた地図を差し出す。

「……これは？」

「西区にある、その防具屋に行きたいんだ。俺はこの街に詳しくないし、案内してくれると助かる」

少女の顔が、雲の晴れ間からのぞく太陽の様に明るくなる。

「はいっ、任せてくださいっ！」

背筋をぴんと張り、満面の笑みで拳を握りポーズを取った拍子に、少女の胸がまたしても大きく弾む。

ばいんっ。

「じゃ行くぞ紫パンツ変態神官娘」

シリューはさっさと歩き出した。

「そこは変わらないんですかぁ……せめて、せめて変態は取ってくださいぃ」

少女は妥協《だきょう》した。

「ほらさっさと案内しろよ、紫パンツ変態神官娘」

「……もう、いいですぅ……」

少女は諦めた。

それから、小一時間……。

「……随分歩いたな……」

「そうですねぇ、ダイエットには丁度《ちょうど》いいって感じですねぇ」

この世界にダイエットという概念があるのか疑問だったが、おそらく最もニュアンスの近い言葉に訳されて聞こえているのだろう。

そもそも、シリューはそんな意味で言った訳ではなかったが。

「俺は別に、ダイエットとかしてないんだけど……」

「あ、白い鳩」

「おい……」

「今日は絶好のお散歩日よりですねぇ」

「……おい」

「あ、あの雲、アルミラージみたいですねぇ」

「……誤魔化してるだろ」

少女はぴくんっ、と肩を震わせる。

「な、何の事でしょう？」

図星らしい。少女の顔に引きつった笑みが浮かんでいる。

「……ここ、通るの三度目だぞ」

「え？　そ、そ、そうですかぁ……？」

きょろきょろと、挙動不審《きょどうふしん》に辺りを見渡す少女。

どうやら、よく分かっていないらしい。

「任せろって言ったよな……」

「は……い」

「迷ったな……」

「…………」

「迷ったろ」

一瞬少女の動きが止まる。

暫くの沈黙の後……。

「ふえぇぇん、ごめんなさぁいっ。わざとじゃないんですぅ」

手を組み、祈るようなポーズで謝る少女。

「お前っ、方向音痴《ほうこうおんち》かっ。何で自信満々に案内するって言った⁉」

少女は涙目で訴える。

「だ、だってぇ。お役に立ちたかったんですもん……」

「立つか！　逆に迷惑だわ！」

　ごく自然に、あんた、から、お前、に降格している。

「な、何とかなるかなぁって、思ったんですぅ」

「お前っ、残念かっ。変態で残念とかもうアレだな、ポンコツだな、紫パンツ残念変態ポンコツ神官娘だな」

「長っっ、さらに長くなったっ⁉」

　シリューは首を絞めたくなる衝動をなんとか抑え、頬を引きつらせながらも冷静さを取り繕《つくろ》う。

「もういい、変態がうつると嫌だからこれでチャラにする」

「きゅうぅ、あくまでも私、変態扱いなんですね。……ひどいですぅぅ……」

「いや、酷いのはお前だろ。いきなり蹴り掛かってくるってどういう事だよ」

　人差し指を衝き付け、きっぱりとシリューが言った。

「……だってぇ……その、どっちかって言うと、お兄さんの方が……悪そうじゃないですかぁ？　目つき怖いですし？」

　とんでもなく失礼な言葉を口にする少女。

　遠慮がちなのは見た目だけで、言いたい事ははっきりと言う性格のようだが、シリューは努めて冷静さを装う。そう、そのくらいの言葉にはもう慣れっこだ、と自分に言い聞かせて。

「それにぃ、武器とバッグも持ってたじゃないですか？」

「いや、お前、そっちを先に言えよ……」

「あ、そ、そうですねっ、ごめんなさいっ。私、ついつい本音がでちゃって」

「おい……」

「あ……」

何となくシリューにも分かった、アホの子だ。

「アレ喰《く》らってたら普通に死んでたぞ」

「そ……ちゃんと、手加減しましたよっ、その、最初は……」

「最初？」

「……お兄さんが綺麗に躱《かわ》すから、その……段々、本気になるっていうか、熱くなるっていうかぁ、ねっ」

少女はちょこんと首を傾げる。

本来これ程の美少女にそんなポーズをされると、一気に腰くだけになりそうなものだが、シリューは逆に苛《いら》っとした。

「とりあえずこれでチャラな。ここからは一人で行くから、お前ももう帰っていいぞ」

「あん、待ってくださいぃ」

少女はうるうるとすがる様な涙を浮かべた瞳で、シリューの服の裾《すそ》をつまんだ。

「帰り道……分かりませぇん……」

「マジか……」

シリューはがっくりと肩を落とした。

〝そういえば、美亜もかなりの方向音痴だったな……〟

同じような会話を、以前美亜とした事があった。

〝いや、美亜とコイツじゃ、全然違う！　美亜はちょっと方向音痴なだけ、こいつは単なるアホの子だ！〟

ただそれでも、このまま放置していくと、小動物を捨てたようでなんとなく気が咎める。

「全く、何のために来たんだか……。まあいい、とりあえずついて来いよ、紫パンツ残念変態ポンコツ神官娘」

「めっちゃ長いですぅ。もはや早口言葉です……でもありがとうございます、ごめんなさい」

シリューは少女の目の前に、右手の掌《てのひら》を上にして差し出す。

「……ありがとうございます」

少し顔を赤らめ、少女はその手を取った。

……が。

「お前……何してんの？」

「ふぇ？」

少女の手を払って、シリューが眉をひそめる。

「何、手つないでるんだ？」

「ええっ？　だって、手……」

「アホかっ、地図だよ地図っ」

少女は左手に持った地図を見つめた。

「……こっちですかぁ……」

壮大《そうだい》な勘違いに、少女の顔が夕日の様に赤く染まる。

「だいたい何で俺が、見ず知らずの紫パンツ残念変態ポンコツ神官娘と、手をつながなきゃいけないんだ？」

シリューは少女の持つ地図を、むしる様に取り上げた。

「その見ず知らずの女の子に、恥ずかしいあだ名を付けるお兄さんも、どうかと思います……」

「え、何？　一人で帰るの？」

シリューはわざとらしく耳に手を当てて、聞き返した。

「い、いじわるですぅ……。お兄さんいつも女の子に、そんな態度とるんですかぁ？」

言われてみれば、女の子を相手に、ここまでの塩対応をした事はない。

シリューは、少し、ほんの少しだけ、微々たる量の砂粒程度には反省した。

「まあいい、用事が済んだら送ってやるから。ほら行くぞ」

「何がいいのか、分かりませんけど……ありがとうございますぅ……」

それから十分程で、目的の店を見つけた。

地図に書いてある通り、すぐそばにブランコが一つだけの小さな公園がある。

店の構えは『怒りの葡萄』とあまり変わらないようだが、防具屋を示す金属の看板は、ピカピカに磨いてある。

防具屋『赤い河』

ロランの話によると、エルフの女性が経営する、魔力処理に定評のある店だそうだ。

……それにしても……。

「宿が『果てしなき蒼空亭』で、武器屋は『怒りの葡萄』、そして防具屋『赤い河』、か……」

何となく、共通のセンスを感じさせるネーミングに、シリューはくすり、と笑った。

「じゃあ俺はその店で買い物するけど……」

振り返り、後ろをついて来る少女に声を掛ける。

「はい。私、そこの公園で待ってます」

少女は、目と鼻の先ある、小さな公園のベンチを指さした。

「置いてかないでくださいねっ。いざとなったら私……」

上目遣いに、キッとシリューを睨む様に見つめる少女。

「私……？」

思わぬ迫力に、じっと息を呑み次の言葉を待つシリュー。

「……泣きます」

「子供かっ!!」

これだけ残念でポンコツで変態な娘が、よく今まで無事やってこられたものだ。

ある意味、奇跡かもしれない。

「これはあれだな、野生の世界で、アルビノが生き残れる確率位低いな……」

「え？　なんですか？」

「こっちの話。いいから待ってろ、心配しなくても置いていかないから」

ポンコツとは言え、一応女の子だ。最低限の、本当に最低限の優しさ位は示してやる必要があるだろう。あくまでも最低限の。

「はい、ちゃんと見張ってますからね」

少女はそう釘を刺し、公園のベンチに歩いていった。

「見張るって……ま、いっか……」

何となくそう呟いてシリューは店のドアを開けた。

「いらっしゃい」

艶《つや》っぽい女性の声がシリューを出迎《でむか》えた。

「何かご入用《いりよう》かしら？」

右手を顔の横で掌を上に向け、優雅に身体をくねらせるポーズで、カウンターの前に立った女性。

プラチナブロンドに赤いメッシュの入った髪の両脇から、エルフの特徴である、尖った耳が覗いている。

琥珀色で切れ長の瞳を細め、にっこりと妖艶《ようえん》な笑みを浮かべる女性の姿に、思わずシリューは目を奪われる。

初めて見た。

「……ビキニ・アーマー？　ですか……」

防具屋『赤い河』の女主人、エルフのベアトリスが身に着けていたのは、紛れもない所謂《いわゆる》ビキニ・アーマーだった。

デコルテラインを美しく見せるようなネックラインに、バスト全体を包むオパール型カップの、現代のスポーツブラに似た黒いアンダーウェアを着用し、その上に、バストの形に合わせたメタリックなビキニトップとショルダーアーマー。

下は、メタルプレートを縫い込んだ水着のような黒のショーツに、トップと同じ素材のベルトと、ベルトの側面にプレートアーマーが装着されている。

美しいメタリックブルーのカラーで統一されたビキニアーマーは、身に着けているベアトリスの肢体《したい》を、より一層引き立てていた。

ただ……。

「防御力あるのかなこれ……。それに、なんで防具屋さんがビキニアーマー？」

「あら？　いきなり質問？」

心の呟きの筈が、どうやら声に出していたようだ。

「そうね、防御力は殆どないわ。それと、単に私の趣味よ。実戦には向かないけど、夜にでも彼女に着せてみて？　破壊力は……想像にお任せするわ」

エロエルフだった。

防御力が無いのに破壊力があるって、どんな防具だよっ、と、シリューは思わずツッコミたくなった。

「いや、分かるけどっ。男の浪漫《ファンタジー》だけどっ」

誤解がある。あくまでもシリューの浪漫だ。

〝ロランさんっ、大丈夫なんでしょうねっっっ？〞

シリューは、今度は口に出さなかった。

「……あの、ここって防具屋ですよね……いかがわしい店とかじゃないですよね？」

ベアトリスは大きく目を見開き、何度も瞬きをした。

「何か……いきなり随分な発言だけど……。大丈夫、うちは防具屋で、私はこの店のオーナーのベアトリスよ。安心して、ボ・ウ・ヤ」

ベアトリスは口元で掌を上に向け、ふっ、と蝋燭《ろうそく》の火を消すように息を吐いた。

全く安心できる要素がない。

「で、どんな防具が欲しいの？　鎧系もローブ系もそれなりに揃ってるわ。お金さえ出してくれれば、オリジナルの制作も相談に乗るわよ」

「……オリジナル……」

武器については、早くイメージできたのだが、防具についてては全くイメージが湧かなかった。

魔法主体の戦闘スタイルといっても、多彩な魔法が使える訳ではない。

剣士と言う程剣が使える訳でもない。

答えは出なかったので、直接防具屋で相談してみる事にしたのだ。

「……なるほど。要約すると魔法で牽制《けんせい》しながら、間合いの外から素早く近づき止めを刺すってトコね」

シリューの分かりづらい説明にも、ベアトリスは、すぐに納得してくれた。

「これなんかどうかしら？」

ぽんっ、と、自分の身に着けた、ビキニアーマーのブラを叩くベアトリス。

「……いや……俺男ですよ。それにさっき防御力無いって言ったじゃないですか……」

「いやぁねぇ、ブラじゃなくて素材のコトよ」

ベアトリスは、腰のベルトと側面のプレートアーマーを外した。

「ちょっ、な、何をっ？」

プレートアーマーを外してしまうと、下半身にはプレートを縫い込んだ、面積の小さな黒いビキニショーツだけ。プールや海なら何と言う事もないが、防具の並んだ店の中では刺激が強すぎる。

眼福であっても、青少年には目の毒だ。

「あら、顔に似合わずウブなのね、ふふっ」

「あ、あのっ」

ベアトリスは、外したベルトとプレートアーマーを、シリューの目の前に差し出す。

「冗談よ、ほら、これを」

「えっ？」

二つを手に取ったシリューは、その軽さに驚く。

「……これ……金属ですよね？」

「ええ、ルミアル鋼って言ってね、防具専用に開発した新素材なの、凄く軽いでしょう？」

「開発、した？」

ベアトリスは、腕を組み得意そうに笑った。

「ええ。私も開発者の一人なのよ。それで、自分で作った新素材のビキニアーマーを着て、宣伝してるってわけ」

シリューには何故、ビキニアーマーが新素材の宣伝になるのか、今一つ理解できなかった。

「さっきも言ったけど、彼女に……」

「それはもういいです」

「あらそう？　でも結構売れてるのよ。買っていくのは男性ばかりだけど」

〝売れてるのか、ビキニ・アーマー！　確かに、確かに、着せてみたいけどっっ〟

シリューはそこまで想像してはっと我に返る。

〝ごめんなさいいいっ…………美亜！〟

「ん？　着せたい娘でもいる？　サイズを教えてくれれば……」

「いませんっ！　てか、防御力無いって言いましたよね」

「それは、このアーマーがって意味よ。素材自体は鉄より上。柔らかくて武器には向かないけど、軽くて衝撃を吸収するから、刃物や牙、爪に対する防具には最適なの。まあ、欠点もあるんだけどね」

「ひょっとして、圧力に弱い、ですか？」

「あら、よく分かるわねぇ。その通り。柔らかい分、押しつぶしたり引っ張ったりには効果無いのよ」

柔らかくて、軽くて、衝撃を吸収する。

しかも、良い所だけではなく、欠点もちゃんと説明してくれた。

「いいですね。そのルミアル鋼で、防具を作ってもらえますか？」

「少し、値段は張るわよ？　先ずは手付金《てつけきん》として三百二十ディール、いい？」

「大丈夫です」

ベアトリスの出した注文書に、シリューが名前を書き込む。

「防具の種類とデザインは任せてもらえるかしら？」

「はい、お任せします」

「了解。じゃあ、五日後にまた来て。それまでには仕上げておくわ」

シリューは軽く頷いた。

「あ、ねえちょっと」

店を出ようと出入口のドアのノブに手を掛けたシリューを、ベアトリスが思い出したように呼び止めた。

「気になってたんだけど、君のポケットに隠れてるのって、ピクシーでしょう？」

「え？」

シリューは咄嗟《とっさ》に、胸のポケットを手で覆った。

「警戒しなくても大丈夫よ。エルフはね、ピクシーの存在を感じる事ができるの。君のポケットから懐かしい魔力を感じたの、もしかして、アストワールのピクシーじゃないかな？」

シリューはヒスイを庇《かば》う為に、ポケットを覆った手を下ろす。

姿消しを解除したヒスイが、ゆっくりと姿を現し、ポケットから飛び出した。

「ああ、やっぱり。あなた、翠《みどり》ちゃんでしょう？」

ヒスイは警戒も無く、ベアトリスの目の前まで飛んでいく。

「……イヴリン……イヴリンなの？」

じっとベアトリスを見つめていたヒスイが、驚いたように両手を口に添えた。

「懐かしい名前ね、でも覚えててくれて嬉しいわ」

「二人とも、知り合い？」

シリューが、ドアにもたれ掛かったまま聞いた。

「はい、なの。イヴリンが小さい頃、ヒスイはよく遊んであげたの、です」

「え？　ヒスイが遊んであげたの？」

「そうなの、ヒスイはお姉さんなの、です」

〝まあ、何気に百三十二歳だからな……〟

シリューはヒスイに解析を掛けた時の、ステータスを思い浮かべた。

「……ヒスイ……？　君、ピクシーに名前を付けたの？　……って、ピクシーの言葉が分かるの？」

ベアトリスが目を丸く見開いて、シリューを見つめた。

「はい……どっちもそうです」

「何て事！　すごいわ！　私は何て運がいいんでしょう！」

手を組み、ベアトリスが弾けるような喜びの声を上げた。

「あの、何の話です？」

「あ、いいの、そのうち分かるから」

「え？　いや、でも……」

「先のお楽しみよ、今分かったら面白くないでしょう？」

シリューは眉をひそめた。多分、面白いのはベアトリスだけなような気がする。

「あ、ところで、ヒスイちゃん？　は何でアストワールの森から出たのかしら？」

唐突に話題を変えるベアトリスだった。

「ヒスイは、アリエル様の為に人を探していたの、そしたら森の扉に巻き込まれて、魔物に飲み込まれて、そしてご主人様に助けてもらったの」

「ご主人様？　彼？」

ベアトリスはシリューを横目で見た。

「そうかぁ……、そうなるわよねぇ」

「ヒスイは一生、ご主人様にお仕えするの」

更に気になるワードが出てきた。

「……アリエル様って誰？　ヒスイは誰を探してたの？　そうなるって、どうなるの？　……一生って、一生？　話が大きくなってない？」

シリューは力なく二人に近づいた。

「あの、説明してもらっていいかな？」

結局、教えてもらえたのは、アリエル様がアストワールの森にある、ハイエルフの王女様だという事だけだった。

二人はその後も、思い出話に花を咲かせていて、シリューも暫くはそれを聞くとはなしに聞いていた。

耳に残ったのは、ベアトリスが昔イヴリンと名乗っていた事、アストワールを離れたのが七十年程前だという事。ならば、ベアトリスは少なくとも七十歳以上。

どう見ても二十代にしか見えないが、それが長寿であるエルフの特徴なのだろう。（さすがに、年齢を聞く事はできなかった）

すっかり忘れていたが、ひとしお話が盛り上がったあと、外で人を待たせているのを思い出し、ベアトリスに挨拶をして、店を出た。

「シリューくん、当分はこの街にいるんでしょう？　用事が無くてもいいから、ヒスイちゃんを連れて遊びに来て」

「はい、そうさせてもらいます」

店のドアを閉め、少女が待っている筈のベンチに目を向けようとした時。

公園の方向から、幼い子供の大きな泣き声が聞こえた。

◇◇◇◇◇

一時間位は待っただろうか。

そのうち、後ろでブランコの揺れる音が聞こえてきた。

少女は、公園のブランコに背を向ける形で座り、通りの向いにある防具屋『赤い河』をぼんやりと眺《なが》めていた。

……紫パンツ残念変態ポンコツ神官娘……。

確かに悪いのは自分だが、そのあだ名、ちょっと酷すぎないだろうか。

「ううん、酷すぎます……変態じゃないですもん……、ポンコツじゃないですもん……、残念じゃ……残念じゃ……ざんねん……ですぅ」

そこは、否定できなかった。あと紫パンツも。

「これから、挽回《ばんかい》しますっ」

基本、前向きだった。

「まだかなぁ」

そう思った時、後ろでドサリ、と物の落ちる音がして、けたたましい子供の泣き声が後に続いた。

振り向くと、ブランコから落ちた四歳位の女の子が、うつ伏せに倒れていた。

少女は、素早くベンチを飛び越し、女の子のもとへ駆け、そっと優しく抱き起こす。

声を出して泣いているし、顔や頭それに耳からの出血もない。

見た所、肘《ひじ》や掌に擦り傷がある程度だ。

「大丈夫？　今お姉ちゃんが、痛いの取ってあげるからねっ」

そして少女は治癒《ちゆ》の呪文《じゅもん》を唱える。

「生命の輝きよ、かの者の傷を癒《いや》したまえ、ヒール！」

少女がかざした手から生まれた、柔らかな光が泣きじゃくる女の子を包み、その傷をゆっくりと癒してゆく。

「ほら、もう平気、痛くないでしょ」

しゃくりあげる女の子に、優しい笑みを向けながら、少女は女の子の頭をそっと撫でる。

「いい子ねぇ、落ちた時ちゃんと手をついたんだねぇ、えらいね、すごいね……ほら、もう泣かないでいいんだよ、大丈夫だよ」

女の子は顔を上げ、痛みの消えた両手をじっと見つめた。

「……まほう？　おねえちゃん、まほう、つかえるの？　じゅごい……」

少女は頷いてにっこりと笑った。

「もう、おっきできる？」

「うんっ」

立ち上がった女の子の服に付いた泥を、少女は軽く手で払う。

「さあ、もうお家に帰ろうか。一人で帰れる？」

「うんっ、ひとりでかえれる。おうち、ちかくだから。ありがとうおねえちゃん」

「うん、気を付けてね」

「うんっ、ありがと、ばいばい」

「バイバイ」

女の子は手を振り駆けていった。

少女はその後ろ姿が見えなくなるまで、見送った。

「結構優しいんだな」

「ひゃうっ」

不意に聞こえた声に、少女はびくんっ、と肩を揺らし慌てて振り向く。

「びっくりしましたぁ、何時から見てたんですか？」

「子供がブランコから落ちて、お前が駆け寄るところから」

シリューは、それまでより少し柔らかな表情を少女に向けた。

「……子供の扱い、上手いんだな」

シリューの見せる初めての笑顔に、少女は少し照れ臭くなり思わず俯《うつむ》いてしまう。

「私、孤児院で働いてますから……それに、子供好きなんです」

口元に指を添え、頬を桜色に染めながら少女はほほ笑んだ。

「あ……」

泣きじゃくる女の子に治癒魔法を掛け、優しくあやす少女の姿。

その全てを包み込むような笑顔と今見せた笑顔が、シリューの大切な記憶と重なる。

〝もう大丈夫だよ。お姉ちゃんと一緒にお店の人にお願いに行こう？〟

迷子の女の子に美亜が掛けた笑顔の魔法。

そう、あれは魔法だったのかもしれない。永久にシリューの心を捕らえ続ける安らぎの魔法。

「私……孤児院で育ったんです。両親は、私が物心つく前に、魔物に襲われて亡くなったそうです……」

「そっ……か」

〝ああ、そういう事か〟

だから、似ているのかもしれない。美亜にも、そして自分にも。

シリューはふとそう思った。

「でも、そんなに寂しいって思った事ないんです。お父さんの事もお母さんの事も、……全然覚えてないんです……」

「……分かるよ……そうだよな」

「え？」

少女は、意外な、そして優しい言葉に顔を上げ、シリューを見つめた。

「俺も同じなんだ……生まれてすぐ、養護……孤児院の前に捨てられてたらしい」

今まで、自分からすすんでこの話をしようと思った事はない。

理由は分からない、だが何故か今は、聞いてほしい、話したいと思ってしまった。

「そう、だったんですか……」

「ま、俺の身の上話なんてどうでもいいな」

「そんな事ないですっ、話してもらえてちょっと嬉しいです……。それって少しは見直してくれたって、事ですよねっ」

「それはない」

躊躇《ちゅうちょ》なく、きっぱりとシリューは言い切った。

「お兄さん、いけずですぅ……」

冷静に切り捨てるようなシリューの態度に、ちょっと期待を抱いた少女は、あっさりと撃破され眉根を寄せる。

「シリューだ……」

「ふぇ？」

唐突な言葉に少女は一瞬、何の事か理解できなかった。

「シリュー・アスカ、駆け出しの冒険者だ」

「あ……」

少女の顔に、春の菜の花のような笑みが弾ける。

「わ、私っ……」

「知ってる、紫パンツ残念変態ポンコツ神官娘」

少女の夢はあっさりと打ち砕かれる。

「ち、違いますっっ！　何自分だけカッコいい流れで名乗ってるんですかっ。ずるいですよっっ」

ここは普通、甘酸っぱい雰囲気の中、女の子が名前を告げる場面の筈。

その筈だったのに……と。

「じゃあ、さっきのに免じてポンコツは取ってやるよ、紫パンツ残念変態神官娘」

「あんまり変わってないですぅ、何で変態が残るんですかぁ」

紫パンツは受け入れているらしい。

「分かった、あんまり長いしな。変態紫パンツ娘だ」

「神官が消えてますぅ、それもうただの変態ですよぉ。私のアイデンティティ変態じゃないですぅぅ」

顔を真っ赤にして腕を振り、必死に抗議する少女のメロンな胸が相変わらず、ばいんっ、と揺れる。

「じゃあ、さっさと名乗ればいいのに」

「ええ？　私のせいですか？　違いますよねっ、シリューさんが名乗らせなかったんですよねっっ」

「名乗らないなら変態紫パンツ娘で」

「で、ってなんですかっっ。ミリアムっ、ミリアムですっっ！」

「そうか、いい名前だな、紫パンツ残念変態ミリアム」

「シリューさんいけずですぅ……前半まるまる残ってますよぉ……」

これ以上は無駄だと悟ったのか、気を取り直し顔を上げたミリアムは、何気なくシリューの肩に視線を移した瞬間、アーモンドの瞳を大きく見開いて息を呑んだ。

「ぴっ……ぴくっ、ぴくぴくっ、ピクっ」

「あ、そうだった……」

防具屋『赤い河』で、ベアトリスと話し込んだ後、ヒスイは姿消しを使わずそのまま店から出てしまった。シリューも何気なく、後を追ってきたヒスイを肩に乗せたのだが、考えてみればミリアムがいたのだ。

ミリアムは左手を口元に添え、右手でその小さな美女を指差し、小動物のようにぷるぷると震えている。

驚かれるだろうとは思ったが、想像の上を行くおかしな反応に、シリューは思わず噴き出してしまった。

いずれにしても、いつまでも隠しておけるものでもないし、隠し通す必要があるとも思っていない。勿論、大騒ぎになるような事態は避けたいが、知り合いに知られるくらいは逆に面倒がなくていいだろう。

要は、どうやって説明するか、なのだが。

ヒスイを見てからミリアムはずっと、ぴくぴくぴくぴく、壊れた人形のように繰り返している。

「お前……変な薬でも飲んだのか……」

「の、飲んでませんっ。てか、その子っ……ぴ、ピクシーですよねっ？」

ミリアムは生まれて初めて目にするピクシーに、興奮を抑えきれないようで、声が上ずってしまっている。

「ご主人様、このヒト、なんか変なの、です」

ヒスイが、シリューの肩の上で囁く。

「うん、そうだね。変態だからしょうがないよ」

「……残念な、ヒトなの、です」

話をしている二人を見て、ミリアムが更に驚く。

「ピクシーとお話しできるんですかっっ？？？」

二人の会話は、鈴の音の様にしか聞こえていなかったので、ミリアムは、自分が堂々と悪口を言われているなど、思いもしなかった。

「まあ、普通に会話できる」

「す、すごいですっ、シリューさんって、もしかしてエルフですかっ？」

この世界では、ピクシーと話せるイコール、エルフという認識のようだ。

そういえば防具屋の主人、エルフのベアトリスも普通にヒスイと会話していた。

「さあな。もしかすると先祖の一人にエルフがいるのかも……」

面倒なので、適当に誤魔化す。

「……いいなぁ、私もピクシーちゃんとお話ししてみたいです……」

ミリアムは柔らかな笑顔を向けるが、ヒスイはあからさまに警戒し、シリューの髪に隠れようとした。

「そ、そんなに警戒しなくても……。私いじわるなんかしませんよ、ピクシーちゃん……」

ヒスイは恐る恐る顔を出し、ちょこん、と首を傾げシリューを見上げる。

「大丈夫だよ、変態だけど意地悪じゃないから」

興味はあったのだろう。その言葉を待っていたかのように、シリューの肩から飛び立ち、ヒスイはミリアムの周りをくるくる回った。

「あの、ピクシーちゃん？」

「ヒスイだよ」

棘《とげ》のない穏やかな声に、ミリアムが少し驚いた顔でシリューを見つめた。

「ちょっと臆病だけど、好奇心旺盛《こうきしんおうせい》なんだ。お前に興味があるらしい」

「は、はいっ……」

シリューにそう言われて、嬉しそうにヒスイを目で追うミリアム。

やがて何を思ったのか、ヒスイはミリアムの頬をつん、とつつく。

「……えっと……何でしょう？」

ミリアムが目を丸くして尋ねるが、シリューに分かるはずもなくただ首を捻る。

そうしているうちに、ミリアムの顔の前から離れたヒスイは、すうっ、と弧を描いて飛び、今度は胸の前で止まった。

つんつん。

そして何故か頬に続き、ヒスイはたわわなミリアムの胸をつついた。

「あの、ヒスイちゃん？」

「すごいの、アリエル様と変わらないくらい、立派なの、です」

ヒスイはシリューを振り返って、宣言した。

〝そうか、メロンなのかアリエル様。誰だか知らないけど〟

巨乳メロンのハイエルフ王女。

ちょっと会ってみたい、と思うのは、男として素直な反応だろう。

「シリューさん……あの、ヒスイちゃんはなんて……？」

「ああ、なんか知り合いに良く似てるエルフがいるらしい」

メロンな胸が、とは言わなかった。

それから暫く、ミリアムの周りを飛び回ったヒスイは、納得したのか満足気にシリューの肩に戻る。

「さ、帰るか。東区まで行けば、あとは分かるんだろ？」

「は、はい……多分……」

ミリアムは余り自信がなさそうだ。

「お前、もしかしてちょくちょく迷子になってるのか？」

横に並んで歩くミリアムに、シリューは眉をひそめて尋ねた。

「……ちょくちょくでは……ないです」

だが、迷子にはなっているらしい。

「三回に一回ぐらいです……」

「多いわっっ」

それはもう頻繁《ひんぱん》にというレベルだ。

「行った事がある所へ、行く時ですけど……」

「そっちかっ！　初めての場所かと思ったわっっ」

訂正、絶望的だ。

「でもたまぁに、一発で行ける事もありますっ」

「いや、それ普通だから、自慢にならないから」

「でも、神掛かってますもんっ」

「掛かってないわ!!」

勘違いだ。

「この道初めて通ります……」

「いや、さっきくる時通ったから！」

壊滅的だ。

方向感覚と体内コンパスに加え、空間認識能力が完全に死に絶えている。

「……お前、ほんと今までよく無事に生きてこられたな……なんか同情する……」

シリューは肩を落とし、しみじみと呟くように言った。

「……しみじみと言わないでくださいぃ……」

「……そういえば……。お前道歩く時、何を見てる？」

ミリアムは顎に人差し指を添え、答えを探すように目線を空に向ける。

「そうですねぇ、屋根の上の小鳥とか、空の雲とかぁ。あと、猫ちゃんとかっ」

自信満々に指を突きつける。

「……だろうと思った」

アホの子だ。

「え？　ダメ……ですか」

「……ちゃんと、道とか建物とか、周りの景色を俯瞰《ふかん》して見るんだよ……少しは、まともになる筈だ……」

「は、はい……あの……」

キュウゥゥゥ。

絶妙なタイミングで、雰囲気をぶち壊すお腹の鳴る音が響いた。

発信源はもちろんミリアムだ。

色々と残念だが、とことん残念だった。

「あ、あのっ、これはっ、いえ、じゃなくてっ、え、なんでっ？」

必死に誤魔化そうとするが、しどろもどろになって収拾がつかない。

それなのに、シリューは全く関心を示さず、ミリアムを置いてさっさと歩いていく。

「あん、待ってくださぁいっ」

追いついたミリアムはお腹を押さえて、シリューの顔をちらちらと覗き見る。

「ああ～いい加減腹へったな。丁度昼時だし、その辺の屋台でなんか食べようか」

「え？」

ミリアムはそんなシリューの対応に、少し驚いて目を見開く。

わざとらしい。

わざとらしいが、嫌ではない。

今はその気遣いに乗る事にした。

「あ、でも私……あの、ダイエット中で……」

もちろん嘘だ。落とさなければならない程の脂肪はついていない。

本当のところ、壊した設備等の修理代を給料から差し引かれ、かなりギリギリの生活になっていたため、昼は抜くことにしていたのだ。

「だから、あの、シリューさん。気にせず食べてください」

そう言って、ミリアムは通りの所々に置かれている、石造りのベンチの一つに腰掛けた。

シリューが屋台に向かったあと、ミリアムはぼんやりと空を眺める。

近くの屋台で肉を焼く匂いや、焼き菓子の甘い香りが漂い、鼻腔《びこう》をくすぐる。

昼時ということもあって、それぞれの屋台に行列ができている。

食べながら足早に歩き去っていく人。立ったまま談笑《だんしょう》し、頬張る人。

なかには、ベンチに腰を下ろし、小さな子供に少しずつ千切って分け与えている母親の姿もあった。

ミリアムは何となく、その母子の姿を眺めていた。

自分では気づいていなかったが、自然と微笑んでいたらしい。

「何、にやけてるんだ？」

いつの間にか買い物から戻ってきたシリューが、ベンチの横に立って笑っていた。

「ほら」

シリューは植物の葉に包まれた串焼き肉の一本を手に取り、ミリアムの目の前に差し出した。

「ふぇ？」

「美味そうだったんでちょっと買い過ぎたんだ。食べろよ」

「でも私……」

「ダイエットでも、昼を抜くのは良くないんだよ。余計太るぞ」

実際、ダイエットの必要があるとは思えなかったが、それはあくまで男から見た基準で、女の子の基準はシリューには永遠の謎だ。

「あ、じゃあお金を……」

ミリアムはスカートのポケットから、小さな財布を取り出す。

「いいよ、このくらい」

「え、でも。私、シリューさんに奢《おご》ってもらう理由がありません」

律儀《りちぎ》なのか、真面目なのか、それとも身持ちが固いのか。

おそらくその全部だろう。

その拒絶、とまではいかない態度には逆に好感が持てて、シリューは何故か少し安心した。

「こんな物で釣ろうなんて思ってないよ、理由がいるならそうだな……さっき子供をあやしてた
……そんだけだ」

ひょい、と目の前に掲げられた串焼き肉を、ミリアムは受け取った。

「……ありがとうございます。……シリューさんって、意外と子供好きなんですね」

シリューはミリアムの隣に、少し間を開けて座った。

「……どうかな……」

◇◇◇◇◇◇

コンコン、と執務室のドアをノックする音が響く。

「どうぞ、入ってくれ」

冒険者ギルド、レグノス支部の支部長であるワイアットの返事を待って、ドアを開けたのは、狼

人族の受付嬢レノだった。

「エラールの野盗団の件はどうなってる？」

ワイアットは開口一番、入ってきたレノにそう尋ねた。

「芳《かんば》しくはありません……討伐の依頼は誰にも受けてもらえませんし、たいした情報も入ってきません」

レノは目を閉じ、首を振りながら答える。

「まあ、そうだろうな……」

派遣された二度の討伐隊も、依頼を受けた冒険者たちも、誰一人戻ってはこなかった。その数は優に五十人を超える。

だが、事態は変わった。

今まで、遺体さえ発見できなかった一連の事件に、漸《ようや》く生存者が現れたのだ。

僅かな手掛かりだったが、これを逃す訳にはいかない。冒険者ギルドの矜持に掛けて。

「現在、ウィリアム副支部長の元、調査隊を編成中です」

「バットか……」

ウィリアムは仲間たちから『バット』の愛称で呼ばれている凄腕の元冒険者で、調査、捜査、そして諜報のプロフェッショナルだ。

「二、三日以内には出発できるそうです」

「そうか」

ワイアットは葉巻の煙を燻らせ頷いた。

「ところで、例のルーキーはどうしてる？」

「例のルーキー……？　ああ、シリューさんですか？　彼なら順当にクエストをこなしてますよ。登録して三日目ですが、この分なら十日程でGランクに昇格できそうです」

「そうか、十日でね……ん？　十日？」

ワイアットは訝し気な目で聞き返した。

「はい」

「それ……普通だな……」

「そうですね、精力的ではありますけど、普通です」

Hランクから Gランクへの昇格基準はそれ程難しい訳ではなく、内容を問わず二十件のクエストをクリアする事と決まっている。

「……クエストの内容は？」

「そうですね……」

レノは顎に指を添えて、この三日でシリューが受けたクエストを思い返した。

ワイアットからの指示で、シリューへの対応はレノの専担となっているため、全ての依頼内容を把握していたのだが……。

「ケジギタリスの全草、ボドフィルムの葉、ベラドンナの根、アナミルタの果実、それぞれの採取、それにデボラさんの引っ越しの手伝い、合わせて五件ですね」

「採取した数が異常に多いとか？」

「規定数です」

レノは事務的に答えた。

「精力的にこなしてくれてるのは分かった。でも普通だな」

「普通です」

「いや、何かこうもっとあるだろっ、偶然上級の魔物を討伐したとか」

実際、Ｆ級以上の魔物の討伐は、Ｈランクの冒険者では受ける事ができないのだが、偶々《たまたま》上位の魔物に遭遇し、これを倒した場合はその限りではない。

勿論、一般的なＨランクのルーキーが、不運にもＦ級以上の魔物に遭遇し、生還できる確率は限りなくゼロに近いが。

「そもそもシリューさんは、討伐系のクエストを受けていませんよ」

「なんかなぁ……」

ワイアットとしては、派手に暴れて話題になってくれたほうが、色々と楽しめたのだが、当の本人にそのつもりはないらしい。

「……そう簡単に手の内は明かさないって事か……。で、今日は何をしてる？」

「アンドリューの捜索《そうさく》です」

ワイアットは、葉巻を口に運ぶ手を止めた。

「アンドリュー？」

レノが大きく頷く。

「黒猫ちゃんです」

◇◇◇◇◇◇

「おや、あなたが？」

家の入口でシリューを出迎えたのは、黒猫アンドリューの飼主で、ヘレナという初老の婦人だった。

「はい、冒険者ギルドから来ました、シリューです」

「ああ、良かった、誰も来てくれなかったらどうしようと思ってたのよ。本当にありがとう」

ヘレナはまるで、もう既にアンドリューが見つかったかのように喜んだ。

「あの、お礼は見つかってから……」

「そう、そうだったわねぇ、よろしくお願いね」

そう言ったヘレナの目は、とても寂しそうに見えた。

「探す前に……幾つか見せてもらいたい物があるんですが、構いませんか？」

「あら、何かしら？」

シリューはここまでの道すがら、どうやって探すかをあれこれ思案《しあん》してみた。

固有スキル【解析】は、目に映る範囲のものを判別できるが、有効な距離は十メートル以内。

【探査】は、遠距離で目標を補足可能だが、個体の特定はできず、精々その種類を識別するにとどまる。

どちらも、行方不明の人や動物を探すのには向いていない。

そこで、ある一つの考えが浮かんだ。

固有スキル【解析】と【探査】を組み合わせて、対象（この場合は猫のアンドリュー）の痕跡を見つけられないか。

そして、セクレタリーインターフェイスの答は、【可能です】だった。

ただし、前もって幾つか準備が必要ではある。

まずは匂い。

人であれば服や肌着、また本人が使ったハンカチ等身に着ける物が対象となるが、猫ならトイレや爪とぎ跡、寝床やお気に入りのクッション等でいいという事だ。

そしてもう一つは魔力。

この世界の生物全てが内包している魔力は、それぞれの個体により、強さ以外にその質も個性があり、指紋やDNAのように、一つとして同じではないらしい。

これも、身に着けた物や排泄物等に痕跡が残る。

シリューはヘレナに許可を貰い、目的のものを探した。

【解析：一頭の動物の匂いと魔力を検知しました。猫と特定します。この猫をアンドリューと設定しますか？　YES／NO】

「YESだ」

【探査が変化します。追跡モードが追加されました】

「チェイサー【追跡】モード起動」

【チェイサーモード起動します。設定対象の臭気、魔力痕を視覚化します】

目の前の景色の中に、掠れた蛍光ペンで引いたような、薄くぼんやりとした緑のラインが重なる。

「これが、匂いの痕か……」

ひどく薄く消えかかったものは、ある程度時間が経過した物だろう。

シリューはヘレナに声をかけ、幾つもあるラインの中から、一番はっきりと濃い物を選び家の外へ出た。

「じゃあ行こうか」

シリューは、いつもの通りポケットの中で姿を消している、ヒスイに声を掛ける。

「はい、です」

薄く開けた窓から伸びたラインは、塀の上に続いている。

ラインの一部分が若干濃くなっているのは、アンドリューがそこで暫く昼寝でもしていたのだろう。そこから塀の上を通り、さらに裏路地へと延びる。

「猫のホームレンジ（縄張り）って……」

昔テレビで見た気がする。確か、建物の少ない地域で二百メートル以上、反対に都会では五十メートルほどの縄張りしか持たなかった筈。

しかも、それは雄猫の場合で、雌猫はもっと狭い。

アンドリューは黒猫の雄で、この辺りの建物事情から、彼の縄張りは百メートル前後になるだろうか。もっとも、この世界の猫が、元の世界の猫と同じ習性を持っていればの話だが。

「ん？」

路地の奥、雑草の茂った空き地で、緑のラインがいきなり狭い範囲で雑然となっていた。

「これ……」

草の葉にこびり付いた、少量の血痕。そしてそこから先は路地の真ん中、地面から一メートル程の高さを迷うことなく真っすぐ進んでいる。

「ああ、そうか……」

ラインは路地を抜け、幾つかの区画を過ぎた先の、突き当りにある鉄製の門扉の中へと消えていた。

『レグノス・エターナエル孤児院』

石造りの簡素な門柱に書かれた文字。

〝人懐っこい子だから、何処かで誰かに拾われたのなら、いいんだけど……〟

戻ってこれなくても、無事でいてくれればいいと語ったヘレナ。

「ヘレナさん、多分大丈夫ですよ……」

シリューは一人呟き、孤児院の門扉を開いた。

「こんにちはっ」

「はぁい、今いっきまぁーすっ」

シリューが声を掛けると、すぐに聞き覚えのある声で返事が返ってきた。

たたた、と駆けてくる音、そして直後に、だぁぁんっと続くけたたましい音。

「いったぁぁいっ」

ドアの向こうで繰り広げられる、想像に難くないお約束的な事態。

「お、お待たせしましたぁ」

ドアを開けて顔を出した、涙目の少女。

「って、シリューさんっ？」

「お前っ……」

咄嗟に名前が出てこなかった。シリューは人の名前を覚えるのが得意ではない。

「え、っと、……紫パンツ残念変態ミリアム……ミリアム！」

「今名前忘れてましたよねっっ！　しかも何で一連の流れ、みたいになってるんですかっ！」

「悪い、名前覚えるの苦手なんだ、ミリメートル」

「ミリアムですっ、難しい名前じゃないんですから、憶えてくださいぃ」

ミリアムは両手で拳を握り、髪を揺らして抗議する。

当然、ばいんっと弾けるメロンはお約束だ。

「もう覚えた、紫パンツ残念変態ミリアム」

「そっちの方が難しいですぅっ、絶対わざとですよねっ」

「てか、いいかげん本題に入りたいんだけどいいか？」

シリューは肩を竦め、両手を広げた。

「なんで私が悪いみたいな流れになってるんですかぁ、違いますよねぇ、なんか言ってくださいぃ」

「ここに怪我した黒猫が保護されてないか？」

「ふにゃ、ホントにいきなり本題に入ったっ？？」

因みに、シリューの予測通りアンドリューはこの孤児院で保護されていた。

空き地で他の猫と喧嘩になったアンドリューは、暫く動けない程の怪我《けが》を負い、それを孤児院の子供たちが見つけ、連れ帰ったという訳だ。

シリューがアンドリューを受け取ると、情が移ったのか少しべそをかく子がいたが、そんな子には、ミリアムが優しく諭《さと》していた。

「みんなのお家はここだよね、でも猫ちゃんのお家は違うの。みんなが帰ってこなかったら、お姉ちゃん泣いちゃうけど、猫ちゃんが帰ってこなかったら、猫ちゃんを待ってる人、きっと泣いちゃうと思う。だから帰してあげよ、ね」

春の日差しのように柔らかな笑みを浮かべるミリアムに、べそをかいていた子も、最後は頷き笑って見送ってくれた。

「……それにしても、あいつ……」

小さな毛布に包んだ猫を胸に抱き、ヘレナの待つ家へ向かいながら、ふとシリューは思った。

子供たちを相手にする時、必ず顔の高さを合わせる事。

心から安らぐような、慈愛溢れる温かい笑顔。

そして大切な思い出と重なる、優しい横顔。

「いや、ないないっ、絶対ないっ、あんな変態が美亜なわけないっっ！」

シリューは激しく首を振り、その幻想を振り払った。

◇◇◇◇◇◇

『エターナエル孤児院、土期上月バザーのお手伝いをお願いします。本日朝より』

冒険者ギルド一階フロアの壁に張り出された、依頼書の一つにシリューの目が釘付けになる。

「土期の、上月だって……？」

それは今朝張り出された、当日依頼の物だが、気になったのは内容よりも日付の方だった。

この世界の一年は三百六十五日。それを四つの期に分け、一年の初めが土期、次に火期、風期、そして最後に水期と続く。

それぞれの期は更に三つの月、上月、中月、下月に分かれ、合わせて十二月の暦となっている。

これにはおそらく召喚された勇者が関わっているのだろう。

それはいい。問題は、今現在が土の上月という事だ。

この街に着いてから今まで、暦《こよみ》を気にした事がなかった。

シリューがこの世界に召喚され、龍脈に落とされたのは、風の上月。

つまりあの時から、半年が経過しているという事だ。

「なんで……？」

確かにエラールの森で気が付いた時、一瞬のようにも、何年も過ぎたようにも感じた。

「そんなに掛かってたのか……」

だが、どうせタイムラグがあるのなら、大災厄が終わった後でも良かったのに、とシリューは思った。

「……それとも……なにか意味があるのか……」

「よう、ルーキー」

思わず依頼書を手に取った時、背後から声を掛けられシリューが振り向くと、そこに葉巻を銜えたワイアットが立っていた。

「あ、ワイアットさん、おはようございます」

「おお、おはようさん」

ワイアットは何か言いたげな様子でシリューを眺める。

「あの、何か？」

気持ちの悪い視線に耐えられず、シリューが尋ねた。

「ああ、まあちょっとな。実は、Hランクのお前さんに正式に頼める事じゃあないんだが、近いうちに捜索隊を出すんだ」

「何の捜索です？」

「お前さんが出くわした、例の野盗団だよ」

「ああ……」

エラールの森でクリスティーナたちを襲った野盗団の事は、シリューも気にはなっていた。

だが、積極的に森の中に入って捜索しようとは思わなかった。

小学生の頃、キャンプで山に入った時に、靴下の中まで数匹の蛭《ひる》に喰い付かれてパニックを起こした事があり、その事が未だにシリューのトラウマとなり、山や森が好きになれずにいた。

もっとも、どうしても必要な場合は我慢する事ができるのだが、気は進まない。

「お前さんには奴らを見つけた時、討伐に参加してもらいたいんだ、もちろん正式じゃないが金ははずむ」

「そうですね、討伐なら何週間もかかるわけじゃないし、参加してもいいですけど」

「おお、そうか、じゃあそん時は頼む。まあ、それまでにEランクに上がってくれりゃ正式に指名できるんだがな」

ワイアットはシリューの手にした、依頼書に目を向ける。

「お、クエストか？　どんな内容だ？」

シリューは、依頼書の詳しい表記を読む。

「えっと……中央広場で行われる、孤児院主催のバザーの手伝いですね……」

受けるつもりで手にした訳ではなかったが、何となく返しづらくなった。

「う、相変わらずその、地味だなあ……」

溜息《ためいき》まじりに呟くワイアットの何故かがっかりした様子に、シリューは意味が分からず眉をひそめる。

「……地味？　ですか？」

「ああ、何かこう、もっとパーっと派手な事をやらかしてくれたほうが、こっちとしては面白いんだが……」

言ってる意味が分からない。

「やらかしませんよ、それに薬草の採取も猫探しも面白いですから」

実際、今のところ討伐系のクエストを受ける気はなかった。

Hランクで受けられるのは、G級のゴブリンやアルミラージばかりで、もう魔法の練習にもならない。

それに正直面倒くさい。狩りが、ではなく森に入るのが。

「ランクが上がったら考えます」

シリューはワイアットの脇を抜け、逃げるように受付へ向かった。

「……そ、そうか……」

◇◇◇◇◇◇

レグノスのエターナエル孤児院では年に二回、中央広場の一角《いっかく》を借りてバザーを行っている。

出し物は、孤児院所有の畑で栽培《さいばい》した野菜や、寄贈された食物を使ったシチューで毎回なかなかの評判だった。

「へぇー、意外と上手じゃない、ちょっと見直したよ」

芋の皮を手早く包丁で剥《む》いてゆくミリアムに、寮母のコニーが感心したように言った。

「コニーおばさんっ、意外は余計です。私だって、料理くらいできますっ」

ミリアムは手元から目を離したが、その包丁さばきはいささかも疎《おろそ》かになる事はない。

「いや、大したもんだ。あんた色々と残念だからねぇ、貰い手がないんじゃないかって心配なんだよ」

コニーは豪快にわははは、と笑った。

「……残念って、言わないでくださいぃ」

「ところでさ、もうすぐ冒険者ギルドから手伝いがくるんだろ。例の彼じゃないのかい？」

「例の彼？　ああ、シリューさんの事ですかぁ？」

ミリアムは、シリューとのやり取りを思い返してみる。

しかし、自分がいい印象を持ってもらえたイメージが、全く湧かない。

「ど、どうでしょう？」

シリュー本人の印象も、優しいのか意地悪なのかよく分からない。

悪い人ではないが、お互い好感度はそう高くないだろう。

「ちゃんとお詫びもできてませんし……」

「あら、まだ謝ってなかったのかい？」

「謝りましたっ、謝りましたけど……さらに迷惑掛けちゃいましたぁ」

ミリアムの手が止まる。

「……まあ、あんたらしいっちゃ、あんたらしいか……」

コニーは大きく溜息をついた。

そして何気なく顔を上げた時、広場の反対側、噴水《ふんすい》の向こうを、こちらに気付く事なく歩いていく黒髪の少年が目に入った。

「ねえあれ、その彼じゃない？」

ミリアムはコニーの指さした方を見た。

「あ、ホントだ。やっほーっ、シリューさぁん！　こっちですよぉ！」

大きく、何度も何度も手招きをするミリアム。

「あれ？」

ある事に気付いた。

右手に持っていた筈の包丁。

「えぇ？」

消えていた。

「ええええ！！！」

シリューにとっては、災難と簡単に片付けられるものではない。

自分を呼ぶ、恥ずかしくなる程の大声に振り向いた瞬間、空気が唸りを上げて何かが飛んできたのだ。すんでのところで何とか躱したものの、掠った前髪の数十本が千切れて舞った。

直後、壁にその何かがぶつかる音がして、見ると、木の壁に半分程刃の埋まった包丁が突き立っていた。

「……なっ、マジか……」

飛んできたのは広場の反対側……。

「……紫パンツ残念変態……ミリアム……」

シリューの背中を冷たい汗が一筋。

ミリアムのいる場所からここまで、およそ五十メートルは離れている。

「どうやったら、ただの包丁が、こんだけ深く刺さるんだ……」

シリューは壁に突き刺さった包丁の柄に手を掛け、一気に引き抜く。

中子《なかご》自体を柄として使えるようにした、共柄《ともづか》の諸刃《もろは》で、牛刀と呼ばれるごく一般的な包丁。

そのただの包丁を、あの速度で、この威力で投げる膂力は、前回街灯の柱を壊した蹴りとあわせて、もはや常人の域をはるかに逸脱している。

「……本格的な変態だな……」

いや、人間かどうか怪しい、シリューに言えた義理ではないが……。

シリューは千切れて、また短くなった前髪を指で弄った。

「揃ってる……」

前回切れた部分と、今回切れた部分が、奇跡的に同じ長さで揃っている。

「ふっ、はははは……」

不気味な笑い声をあげながら、シリューはつかつかとミリアムの方へ近づいていく。

「あ、あああの、し、シリューさん、これはじ、事故で、決してあの、わざとでは……」

「殺す気かっっ！！！」

シリューは怒りの拳骨《げんこつ》を、ミリアムの脳天へと振り下ろした。

「うみゃあづ」

女の子に暴力を振るった事など今まで一度もなかった。

だが、せめて今回は、今回ばかりは、今回ぐらいは、許されてもいいだろう。

「いいい、いきなりひどいですぅ。今めっちゃ脳に響きましたよぉ、頭壊れたらどうするんですかぁ」

ミリアムは頭を両手でさすり、溢れそうなほど、涙をいっぱいに溜めた目で抗議した。

「元から壊れてるだろ、変態なんだから」

「変態じゃないですもんっ、これはもうアレです、ナントカハラスメントです、もう訴えちゃいます」

この世界にも、ハラスメントという概念があるのか、とシリューは思ったが、おそらく分かり易《やす》い言葉に変換されているのだろう。

「お前今、さらっと自分の事棚上げにしたな。じゃあお前の投げたコレの始末、どうしようか？

俺は別に、訴えてもいいんだけど……」

シリューの左手には、凶器となった包丁が一本。

「みゅっ」

「俺じゃなかったら普通に死んでるけどね……」

「あうぅぅ」

「お前、これで二度目だよね……」

「ふえぇぇ」

「俺に何か恨みでもあるのかな？」

口元に笑みを浮かべてはいるが、目は笑っていない。

「し、シリューさん……怖い、ですぅ」

「俺はあの不意打ちの包丁が怖かったんだけどね？」

徐々に押されてゆくミリアム。

「前髪さぁ、揃っちゃったよぉ」

そして徐々に崩壊してゆくシリューのキャラ……。

「ご、ごめんなさあああいっっっっっ！！！」

それはもう、見事としか言いようのない、土下座だった。

◇◇◇◇◇

「コニーさん、この樽《たる》ここでいいですか？」

後ろから声を掛けられ振り返ったコニーは、下ごしらえをしていた野菜を、思わずテーブルの上に落としてしまった。

水がいっぱいに入った樽を、両脇に一つずつ抱えたシリューが涼し気な笑顔で立っていたからだ。

樽は高さが九十センチメートル、中央の直径が八十センチメートルくらいのサイズで、樽自体の重さは五十キログラムほどあり、水の重さを足すとおよそ二百八十キログラムになる。

それを二つ、軽々と抱えているのだ。

「あ、ありがとね、そこに置いといてくれるかい」

「どういたしまして」

シリューは軽く会釈《えしゃく》をして、その場に樽を並べた。

「ねえ、ちょっとミリアム。あの子あんたより力あるんじゃないのかい？」

コニーは向いで野菜を刻んでいたミリアムに、小声で言った。

「そ、そうですねぇ、私もあのサイズは……無理です……」

残念女子のミリアムだが、生まれながらに天才の域に達する高い魔力と、獣人以上の体力が備わっていた。

「丁度いいんじゃないかい？」

コニーがいたずらっぽい笑みを浮かべる。

「はい？」

何の話か理解できず、ミリアムは首を傾げた。

「親切で、優しそうな子じゃないか」

「シリューさんが、ですかぁ？　あの人……意地悪です……」

ミリアムは少し拗ねた表情で俯く。

「でもそれ、あんたが原因じゃないのかい？」

ミリアムの眉が、困ったようにハの字になる。

「うぅ、そうなんですけど……そうなんですけどぉ」

百パーセントその通り、全く否定できる要素がなかった。

「ちゃんとお詫びしないと、さっきのも含めてね」

ミリアムは力なく頷く。

「……でも……聞いてもらえるかなぁ……」

コニーにも聞こえないほどの声でミリアムが呟いた時、孤児院から荷物と、子供たちを乗せた二台の荷馬車が到着した。

「コニーさん、ミリアムっ」

大慌てで馬車から飛び降り、コニーたちに駆け寄ったのは、ミリアムより年上の女性の勇神官だった。

シリューは荷物を下ろすため、男性の勇神官で孤児院の院長でもある、オスヴィンと一緒に荷馬車に近づいてある事に気付く。

大きなダッチオーブンに金属製の簡易焜炉《かんいこんろ》。焜炉に使う薪《まき》や、調味料に調理器具。

だが、肝心な物が無い。

「あれ？　食材がありませんね……」

今、ミリアムたちが下ごしらえをしているのは、芋や豆など孤児院の畑で収穫された物だけで、シチューの材料としては、全く足りていない。

「本当ですね……。ハリエットに聞いてみましょう」

ハリエットとは、今馬車でやってきた女性勇神官の名前らしい。

見ると、何やら焦った様子でミリアムたちと話している。

対するミリアムとコニーの表情もどことなく暗い。

「ハリエット、どうかしたのですか？」

「あ、院長……それが……」

オスヴィンに声を掛けられたハリエットが、申し訳なさそうに口ごもる。

「食材が届かなかったのですね？」

シチューの具材のメインとなる、肉や薬物の野菜などは、毎回寄付や寄贈によって賄っていた。

「申し訳ありません。先方にトラブルがあったようで、その……」

食材の担当であったハリエットは、責任を感じて俯いた。

「いえ、あなたが謝る必要はありませんよ。トラブルなら仕方ありません。でも……困りましたね……」

オスヴィンは思案顔で、口元に手を添える。

バザーは寄付金を集めるためだけでなく、恒例行事として、街の人たちも楽しみにしてくれている。

それに、手伝う子供たちにとっては、商売の疑似《ぎじ》体験の場でもあり、なにより滅多に口にできないシチュー、つまり肉のお零れにありつけるのだ。

「ねえ、ミリアムお姉ちゃん……バザー、できないの？」

子供の一人が、ミリアムの服の袖を摘まんで不安に聞いた。

「あ、えと……」

この街に来てまだ二か月のミリアムには、何のコネもなくどうする事もできない。

子供たちに掛ける言葉が見つからないミリアムは、眉を八の字にして胸に手を当てる。

「食材って、どのくらい必要なんですか？」

全員が押し黙った重い空気の中、シリューがなんの気負いもない声で尋ねた。

「そうだねぇ、最低でもアルミラージの肉二十キログラムと、薬物野菜が十キログラムってとこかねぇ……」

それでも、いつもよりずいぶん少ない分量になる、とコニーが続けた。

「シリューさん？」

シリューを見つめるミリアムの目には、僅かに期待が込められている。

「あの、肉だけならありますよ。アルミラージじゃないけど」

「えっ？」

全員の視線が注がれる中、シリューはガイアストレージから、十キログラムずつに分けられた肉の塊を五つ、テーブルの上に出していった。

「とりあえず五十キログラムあります。これで足りなければまだ出しますけど」

シリューは包みを開き、中身を見せた。

「シリュー殿……これは？」

目を丸くし、ぽかんと口を開いたまま呆けている四人の中で、最初に声を出したのは院長のオスヴィンだった。

「グロムレパードの肉です。使えますか？」

「グロムレパード⁉」

四人の声が揃う。

さらに、シリューの顔とテーブルの肉を交互に見る動きまでが、ぴったりと揃っている。

シリューはふき出しそうになるのをどうにか堪《こら》え、ああそういえば、と思った。

グロムレパードの肉は結構な高級品だ。驚かれるのも無理はない。

「あの、申し出は非常にありがたいのですが……私どもではお支払いができません。それに、これでは高級品になり過ぎて、皆さんに売り出す事も難しいかと……」

オスヴィンの言う事は、尤《もっと》もな話だった。

「別に、お金はいりません。自分で狩ったやつを冒険者ギルドに売って、幾らかを引き取っただけですから、元手はただなんです」

シリューはいつものように涼やかな笑顔を浮べ気楽に言ったが、その場にいる者の反応は違った。

「お一人で狩られたのですか？　グロムレパードを？」

「はい、まだ百五十キログラムはありますから、心配いりませんよ」

オスヴィンの質問の意図とシリューの答えの間には、明らかなズレがあるがシリューはまだ気付いていない。

「シリューさん……それって二頭分にはなると思うんですけど、一体何頭倒したんですか？」

ミリアムの笑顔が何となく引きつっているように見える。

「二十頭だけど、なんで……」

そこまで口にして、ようやくシリューにも皆の反応の意味が理解できた。

その場にいる全員が、驚愕《きょうがく》の表情を浮かべて固まっている。

「お兄ちゃん、お肉くれるの？　バザーできるの？」

何と言って誤魔化そうか考えている時、シリューの袖をちょんちょん、と引っ張ったのは、先程ミリアムに質問していた五歳くらいの女の子だった。

「うん、大丈夫。お肉いっぱい持ってきてるから、ちゃんとバザーできるよ」

シリューが頭を撫《な》でると、女の子の顔がぱっと明るくなる。

「ありがとうお兄ちゃん！」

「どういたしまして」

シリューはこれ以上の質問を躱すため、さっさと荷馬車の方へ向かう。

「シリューさんっ」

ミリアムがその後を追い、シリューの手をそっと掴む。

「いいんですか？　その……何の得も、ないのに……」

ミリアムの顔は、嬉しそうにも、困ったようにも見えた。

損得ではない。少なくともシリューにとっては……。

シリューは嬉しそうにはしゃぎまわる年少の子供たちを眺めた。

「楽しみにしてたんだろ、あの子たち……」

大人を手伝う年長の子供たち。

「あの子たちが喜んでくれるなら、それでいいさ」

ミリアムはこの時初めて、シリューの本当の姿を見たような気がした。

◇◇◇◇◇◇

栄養のバランスなど一切考慮《こうりょ》していない、ほぼ肉ばかりのシチュー。

シリューの提供した肉のおかげで、無事バザーに出す料理が出来上がった。

ただし、使われているのは高級品グロムレパードの肉である。

それを、予定の値段より少しだけ上乗せし、一ディール五十アストで売り出したのだ。

昼の時間だけという事もあり、想定以上の大行列で皆大忙しとなった。

一通りお客がさばけて落ち着いた頃を見計《みはか》らい、いよいよ子供たちにも、待望のシチューがいきわたった。

思い思い、それぞれの器で温かいシチューを口に運ぶ子供たち。

シリューは久しぶりに見る光景に、元の世界での出来事を重ねていた。

七夕にクリスマスに誕生会……。

「……ちびっこども、元気にしてるかなぁ……」

節分の鬼役も、もう二度とやる事もないかもしれない。

少しだけセンチメンタルな気分に浸っている時、かしゃんと物を落とす音と、子供の泣き声が聞こえた。

見ると小さな女の子が器を落とし、顔をくしゃくしゃにして泣いていた。

「あ、セシルちゃんっ」

まっさきに駆け寄ろうとしたミリアムに、シリューがにっこり笑って頷く。

「いいよ、なんとかするから」

「じゃあ、お願いしますね」

シリューがセシルの傍《かたわ》らにしゃがむのを、ミリアムは洗い物をしながら眺めていた。

「こぼしちゃった？　器がおっき過ぎたね、大丈夫？　痛いとこ無い？」

シリューは、零したシチューで汚れたセシルの服を、生活魔法できれいに洗浄した。

「やけどは……してないね？」

「うん、うん」

セシルは、しゃくり上げながらもこくこくと頷いた。

「新しいのを持ってきてあげるから、ここで待っててね」

シリューは器を拾い、そちらにも洗浄を掛けた後、ダッチオーブンからシチューをよそった。

「ちょっとこの木箱借りるぞ」

焜炉の脇に置いてあった木箱を抱え、ミリアムに断りをいれる。

「あ、シリューさん、私も……」

ミリアムは洗い物の手を止めて、シリューのあとに続いた。

「ほら、これを使おうか」

それからシリューは、セシルの傍に木箱を下ろし、その上にシチューの入った器を置いた。

「はい、どうぞ。ゆっくり食べてね」

シリューは肉の塊を、木のスプーンで一口サイズにほぐし、セシルに渡した。

「……いいの？」

セシルは不安な表情でシリューを見上げる。

「いっぱいあるから大丈夫」

そう言って頭を撫でると、セシルはスプーンを受け取り、子供らしい無邪気《むじゃき》な笑顔を浮かべた。

「うん、ありがと、おにいちゃん！」

「どういたしまして」

子供に向けるその優しい眼差《まなざ》しには、なんの思惑も打算もなく、ただ慈《いつく》しむ心だけが見えた気がして、ミリアムは心がほんのりと温かくなるのを感じた。

「……私のお父さんも、あんなだったのかなぁ……」

シリューが立ち上がると、柔らかな笑みを浮かべたミリアムと目が合った。

「何にやけてるんだ？　変な物でも食ったのか？」

「に、にやけてませんっ、変な物も食べてませんっ。……もうっ、少しは……」

ミリアムは、素直に褒めることができずに口ごもる。

「少しは？」

「……意地悪なシリューさんには、教えてあげませんよぉ」

つんっ、と横を向いた。

照れたのを気付かれたくなかったのだ。

「ま、別に知りたくもないけどな」

ミリアムはがっくりと肩を落とす。さっきのシリューの表情はなんだったのだろう、と。

「……ほんとシリューさんって、子供には優しいのに……」

俯いて少しだけ拗ねた様子のミリアムは、何かに気付いたようにぱっと顔を上げた。

「そっか、シリューさんアレですね、いいパパさんになれそうですねっ」

「それ、あんまり嬉しくないぞ……」

十七歳の高校生が美少女に言われて、嬉しい言葉ではないのは確かだ。

「はいっ、そうだと思いましたっ」

ミリアムは満面の笑みで言った。してやったり、という事だろう。

「じゃあお前は、いいバアさんになれそうだな。元からボケてるし」

だがシリューは冷静に切り返した。

「ま、待ってくださいぃ、なんでママを通り越しておばあさんなんですかぁ……」

「いや、おばあさんじゃなくて、バアさんな」

「何の違いがあるのか分かりませぇんっ」

「いい感じにボケて、会話の通らない人だよ」

「それってダメダメじゃないですかぁ」

ミリアムは手をぶんぶんと振って抗議する。

「ダメ？」

「ダメダメですよぉ、ボケてるし、会話もできないんですよね？　それってもう……」

「あ、そのくらいにしとかないと、炎上するぞ……」

「え、炎上？　炎上ってなんですか？」

シリューはミリアムに顔を寄せ、他には聞こえないように囁く。

「お前の発言かなりまずいぞ……お年寄りの事を、そんな……」

「や、そ、ち、違いますっ、私、そんなつもりじゃ……」

ミリアムははっとなり、一旦きょろきょろ周りを見渡して、不安げに顔を寄せる。

「炎上って……どういう事ですか……私、燃えちゃうんですか？」

掠れた声でそう言ったミリアムは、真剣な表情を浮かべおろおろしている。

「ぷっ、あはははは」

シリューは耐えられなくなってついに吹き出す。

「な、またからかったんですかっ！　もうっ、子供ですかっ子供ですねっ、シリューさんいくつなんですかっ？」

「じゅ、十七……」

腹を抱えながら、シリューが答えた。

「十七歳って、私より一つ下じゃないですか。そうか、これはアレですね。年頃の男の子が、気になる女の子の気を引きたくて、ちょっかいを出すやつですね」

ミリアムは腕を組み、勝ち誇ったように思いっきり胸をそらす。

男子の目を、ブラックホールのように引き寄せる双丘が、ばいんっ、と弾けるお約束。

「そういうことなら、仕方ありません。お姉さんな私としては、許してあげちゃいますっ」

なぜだか、上から目線のミリアム。

「なにいきなりお姉さんぶってるんだよ。だいたい一つしか違わな……い、じゃ……」

シリューは笑顔を凍り付かせ、後の言葉を口に出せなかった。

不意に思い出してしまったのだ。

いつだったか、まったく同じ会話を美亜と交わした事を……。

「……シリューさん？」

急に押し黙ったシリューを、心配そうにミリアムが覗き込む。

「私っ、もしかして気に障るようなこと、言いました？」

明らかに今までのシリューとは様子が違う。

それはひどく寂しそうでもあり、ひどく傷ついているようにも見え、ミリアムはそっとシリューの頬に手を添えた。

「シリューさん？　大丈夫ですか？」

我に返ったシリューは、ミリアムの手から離れ、少し頬を染める。

「ばっ、なに……、いや、うん、別に……なんでもない……」

気にはなったが、ミリアムはそれ以上聞くことはしなかった。

「あ、そういえば、ヒスイちゃんの姿が見えませんけど、どこにいるんですか？」

不自然だが、ミリアムは無理やり話題を変えた。

「あ、ああ。姿消しを使ってもらってる。ほら、子供って無邪気だけど……」

不自然な流れに、それでもシリューは乗る事にした。

「……結構、残酷《ざんこく》ですもんね」

初めての意見の一致に、互い笑顔で頷きあう。

「それで、今どこにいるんですか？」

ミリアムはきょろきょろと辺りを見渡すが、シリューがじっと自分を見つめているのに気が付き、頬を赤くして肩を竦める。

「お前の右肩……」

「え？」

「さっきからお前の右肩にいる。ずいぶん気に入ったみたいだ」

勿論、シリューにもはっきりと姿が見えている訳ではなく、ＰＰＩスコープの輝点《きてん》で確認しているだけだ。

「ほ、ほんとですかっ？　あ」

ミリアムの耳に、澄みきった鈴の音がリィィンと響いた。

シリューは何かヒスイに答え、あたふたと顔を伏せる。

「あの、ヒスイちゃんは何て？」

「あ、ああ、お前のほっぺたが、その、すべすべで気持ちいいって……」

なんとなくどもってしまったが、ミリアムは気にする様子もない。

「うれしいっ、ずっとここにいてもいいですよぉ」

その日、無事バザーが終了し、後片付けを終え別れるまで、ヒスイはミリアムの傍を離れなかった。

そのせいか、ミリアムはぼんやりとだが、姿を消したヒスイを感じる事ができるようになった。

オスヴィンからは、天才的な魔力と体力の持主だと聞いて耳を疑ったが、どうやらただのポンコツでもなさそうだ、と少しはミリアムを見直したシリューだった。

勿論、本人には口が裂けても言わないが。

「シリュー殿、今日は本当にありがとうございました。貴方に神のご加護《かご》のあらんことを」

深々と頭を下げてオスヴィンとハリエットが荷馬車に乗る。

「お兄ちゃん！　ありがとー」

ミリアムに促されて、子供たちが声を揃える。

「ホントにありがとうございました。私、シリューさんの事、ちょっと見直しちゃいました」

ミリアムは微笑んでちょこん、と首を傾げる。

「別に、お前のためじゃないし」

まっすぐに見つめられ、シリューはおたおたと目を逸らす。

「分かってます。子供たちのため、ですよね」

「まあ、それだけじゃないけど……」

目を合わせようとしないシリューに、ミリアムはすっ、と顔を寄せる。

「……シリューさんって……案外照れ屋さんなんですね」

ミリアムの余裕ぶった言い方に、何となくイラっとしたシリューは、ミリアムの左右の頬を摘まんで引っ張った。

「みゃあおあづ」

「余計な事言ってないで、は・や・く・馬車に乗れっ。置いてかれるぞっ」

「の、のひまふ、のひまふから、はなひてくださひいいっ」

シリューは手を放し、さっと踵を返す。

「じゃあ、またな」

ミリアムは去ってゆくシリューの後ろ姿に、深々と腰を折りお辞儀をした。

「ありがとうございました……」

シリューは振り向きもせず片手を上げた。

因みに……。

「このひとのおっぱいは、ふかふかでいい気持ちなの。ご主人様も触ってみるの、です」

「いや、ヒスイ。それダメだから、普通に犯罪だから……」

第四章 *The fourth chapter*

The adventurer called
the worst disaster is
busy for good deeds after he died once.

ある夏の最中、星の光の降り注ぐ、月のない深夜。

僚と美亜は、養護施設の屋上に敷《し》いたシートに二人並んで寝ころんで空を見上げ、夏休み前から楽しみにしていたイベントが始まるのを待っていた。

「ねえ僚ちゃん、そろそろかなぁ？」

「うん、ペルセウス座も昇《のぼ》ってきたし……あっ」

僚は、天頂近くを流れる流星を見つけて声を上げる。

「え？　どこどこっ」

「あ、ほら、そこにもっ」

さっきと反対の方向を指差す僚に、美亜はきょろきょろと忙《せわ》しなく目を走らせる。

「ほら、美亜そっち」

「え？　え？　ちょっと、僚ちゃんずるい！」

だが美亜はタイミング悪く、なかなか流星を見る事ができない。

「美亜、どこか一点を見るんじゃなくて、空全体を眺めるんだよ」

「眺める……あっ」

「見えた？」

「うん！　わっ、こっちも……あ……」

美亜も漸くコツを掴んだようだ。

「すごいすごいっ、こんなの初めてっ」

美亜は初めて見る流星群に、興奮を抑えきれないように声を弾ませる。

もちろん、皆寝静まった夜中だ。僚も美亜も、周りに聞こえないよう声を潜めてはいた。

全天を埋め尽くす星のまたたきの合間を、光の尾をなびかせて消えてゆく輝きたちに、二人は時間が過ぎてゆくのも忘れて、魅入られたように空を見つめる。

やがて少し落ち着いた頃、美亜が思い出したようにぽつりと零した。

「願い事……忘れてた……」

「消えるまでに三回ってやつ？　あれ絶対無理じゃね？」

「無理じゃない……や、無理っぽい……」

星が流れるのは一瞬。どんなに早口でも、一回言えたらいいほうだ。

「……僚ちゃん、来年はいよいよ高校生だね……」

美亜は、なぜか独り言のように呟く。

「まあ、通ればね」

「ねえ、やっぱり江南工業にするの？」

またその話か、と僚は顔をしかめた。

もう何度も話し合って、その度にちょっと喧嘩になって、暫く気まずい時間が続いて。

「美亜、何度も言うけど俺は聖稜にはいかない。高校出たら、すぐ働くんだ」

「でもっ、もったいないよ、僚ちゃん頭いいじゃない。一緒に大学、いこうよ。お金なら、お父さんたちが残してくれた遺産があるから」

「いや、それ絶対ダメなやつじゃん、人としてっていうか、男として……」

美亜は時々、見境《みさかい》がなくなる。僚の将来については特に。

「俺、前にも言ったけど、車の事勉強して、将来はチューニングショップやりたいんだ」

「うん、知ってる、知ってるけど……」

「だからさ、美亜は美亜のやりたい事やるべきだよ。美亜の人生なんだから」

僚の言葉に他意があったわけではない。ただ本気で美亜の将来を考えていただけだ。

「そんな言い方、しないで……」

「え?」

美亜は寂しそうな顔でそう言った。

「他人みたいな言い方、しないで……私は、ずっと、僚ちゃんの傍にいたい」

「美亜……」

今にも泣きそうな美亜を横目に、僚は右手を突き上げ小指を立てた。

「僚ちゃん……?」

「俺も、ずっと美亜の傍にいたい。だから、約束」

「指切り?」

美亜は目を丸くして、横に寝転がる僚を見つめた。

顔を向けた僚が涼し気に微笑む。

「僚ちゃん、たまに子供っぽい事するよね」

「しないの？」

「するっ」

美亜は左手を上げ、僚の小指と自分の小指を絡ませる。

「ずっと、ずっと一緒にいようね、僚ちゃん、約束だよ」

「うん、ずっと、ずっと一緒にいる、約束するよ美亜」

二人が絡めた小指の先を、ひと際明るい一条の光が駆け抜けてゆく。

ある夏の夜。

白み始めた空に、やがて塗りつぶされてゆく星たちのように、穏やかな余韻だけを残して消えた、遠い約束。

◇◇◇◇◇◇

「期待しているところ悪いがねワイアット。端的に言って、成果ゼロだよ」

冒険者ギルド、レグノス支部の支部長室。

ワイアットの向いのソファーに腰掛けた男が、さほど悪びれる様子もなく肩を竦めた。

足の間に立てたステッキに両手を乗せ、快活な笑顔を浮かべた男の目に、ありありとした疲労の色が滲《にじ》んでいるのを、ワイアットは見逃さなかった。

男の名はウィリアム。レグノス支部の副支部長で、親しい者たちからは『バット』という愛称で呼ばれていた。

今回バットは、自ら捜索チームを率《ひき》いて、エラールの森を抜ける街道の南側を、一週間にわたり盗賊団の痕跡を探した。

「奴ら、街道の南を移動しながら、襲撃を繰り返してると読んだんだが……無駄骨《むだぼね》だったよ」

バットが自嘲気味に笑った。

「いや、そうでもないぞバット。つまり奴ら、南には居ないって事だからな」

ワイアットはそう言って、片方の口角を上げた。

「そう言ってもらえると、少しは報われるよ」

街道の南側は、比較的平坦で木々の間隔も広く馬車による移動も容易で、魔物の生息数も少ない。

「……ただ、そうなると、北だが……」

バットはステッキに頬杖をついた。

北は丘陵《きゅうりょう》地帯で、出没する魔物も強力に、数も多くなる。

「奴ら、グロムレパードを使役《しえき》してた」

「グロムレパードだって？」

ワイアットの言葉に、バットは目を見開いて聞き返した。

「ああ、五日ほど前にな、アントワーヌ家のご息女《そくじょ》が襲われたんだが、たまたま通りがかった男に助けられた。それでその男がな、売りに来たんだよ。盗賊に使役されてたグロムレパードの群れを殺して」

「群れ？」

「二十頭だ」

バットは思わずふきだしてしまった。

「おいおい、ワイアットっ。君のいつも冴えないジョークだが、今回はなかなかパンチが効いてるじゃないか」

だが勿論、ワイアットは笑っていない。

「……まさか……本当の話なのか？」

ワイアットはゆっくりと葉巻を吸いこみ頷く。

「ナディア嬢の話だと、瞬殺だったそうだ……」

「グロムレパードを……瞬殺……」

「死体を確認したんだが、二十頭全部が一撃で倒されてた」

「……」

押し黙ったまま、心なしか蒼ざめた表情を浮かべるバット。

「なあワイアット。その男はもしかして勇者なのかい？」

バットも、ほぼワイアットと同じ考えに至る。

「いや、冒険者登録をしたばかりのルーキーだ」

暫くの間続く沈黙。先に口を開いたのはバットだった。

「……余りの事に、思考が停止しそうなんだがね、話を戻そう。つまり奴らはグロムレパードほどの魔物を使役する能力がある、と……」

「ああ、しかも二十頭って事は、かなり力を持った魔物使いが仲間にいるって訳だ」

となれば、北の丘陵地帯に出没する魔物も、盗賊団の脅威にはなり得ない。

「北の捜索となれば、こちらも相当な損害を覚悟しないといけないが……いっそ、その男に依頼したらどうだい？」

バットの言うことには筋が通っていた。グロムレパードの群れを瞬殺できるなら、戦力的には一軍に匹敵する。

「そうしたいのはやまやまなんだが……、さっきも言った通り登録したてでな、まだHランクなんだよ」

「なるほど……Eランクに上がるまで待ってはいられないか……」

ワイアットとバットは、お互いに頷き合う。

ギルドの規定がある以上、これは諦めるしかない。

「ところでワイアット。君の方の調査はどうなってるんだ？」

「それこそ、お前さんと入れ違いで、神官の嬢ちゃんがきてたんだが……こっちも全く手掛かり無しだ……」

二か月前、この街の神殿の女性聖神官が失踪した。

神殿から冒険者ギルドに、極秘の捜索依頼が寄せられていたのだが、これまで何の手掛かりも得られていなかった。

「しかもここ最近、子供の捜索願いも出てきてる……」

「君は、その二つに繋がりがあると？」

「分からん……分からんが、妙な胸騒ぎがする」

「たしかに、なんとも……嫌な感じだね」

何か大きな事件の予兆《よちょう》でなければいいが……。

そんな考えが二人の胸をよぎった。

◇◇◇◇◇◇

「はぁ、何をどう探せばいいんだろ……」

冒険者ギルドからの帰り、ミリアムは全く進展していない、自分の任務について考えていた。

失踪した聖神官の捜索を命じられて、この街にやってきてからすでに二か月。

冒険者ギルドへも、神教会から極秘に依頼が出されているが、そちらも手掛かりらしきものはなかった。

そもそも何故ベテランではなく、自分のような経験の浅い新人が選ばれたのか。

「まさか私だけ暇だった……ってわけは、ないですよねぇ……」

さすがにそれは無いだろうと思う。新人を駆り出さねばならないくらい、人員が不足しているという線はあり得るが。

ただ、今さらそれを気にしてもはじまらない。

ミリアムはとりあえず、孤児院へ迷わずに辿《たど》り着くのを優先することにした。

「そうだ、シリューさん確か俯瞰して見ろって言ってたような……」

あごに指を添え、首を傾げる。

「ふかん？　ふかんってなんだろ……」

初めて聞く言葉だったが、それをミリアムのせいだと言うのは、気の毒だろう。

シリューとしては、せめてミリアムに理解できる言葉で説明するべきだった。

「うーん。ふかん、ふかん、ふかん……ぷかん？」

どういう理屈か分からないが、ミリアムの脳内で俯瞰はぷかんに変換されてしまった。

「あっ」

ミリアムは、いかにも閃《ひらめ》きました、と言わんばかりに胸の前で手を叩く。

「ぷかぁんって、浮かんだような感じで見る？」

なぜか結果は間違ってはいない。ミリアムの思考回路が間違っているのだ。

「ぷっ……」

口元に手を添え、小刻みに肩を震わせるミリアム。

「ぷかぷか浮かぶって……どうやって？　あの人、ア、アホの子です……」

……アホの子だった。

自分が間違っているとは夢にも思っていないらしい。

それからしばらく、二十分ほど歩いて、ふとミリアムは思った。

「……孤児院って……こんなに遠かったかな？」

立ち止まって周りを見渡す。

「……驚きの発見です、新しい道です……」

驚きでもないし、新しくもない。

「どこから、来たんでしょう……」

ミリアムは、とりあえず回れ右をして、通ってきたような気のする方へ歩き出す。

「あ、ここ右だ、うん、右……」

左に曲がった。

どちらも間違いだったので、この際方向感覚の欠陥《けっかん》はもうどうでもいい。

「……あ、この店っ。覚えが……ある？」

なぜか疑問形。

シリューのアドバイスが、全く役に立っていない。

「なにぶつぶつ、きょろきょろしてるんだ？」

背後から聞こえた声にミリアムが振り向くと、訝しげな表情をしたシリューが立っていた。

「あ、シリューさん、とヒスイちゃんっ」

ちょこんと頭を下げたミリアムに、片手を上げてシリューが応えた。

「こんな所で、どうしたんですか？　シリューさん」

「俺は、頼んでた防具を取りに来たんだよ。お前こそこんな所で……ってまさか、迷ったのか？」

「やだなぁ、違いますよ。ただ……」

ミリアムは頬に指を添え、首を傾げる。

「……ただ？」

「不思議なんですけど、いつまでたっても孤児院に着かないなぁ……なんて」

シリューは大きな溜息とともに、頭を抱えた。

「俺には、そういう発想のできるお前の方が不思議だわ……」

「え？」

「孤児院は東区だろ」

「はいっ、そうです。あれ？　って事は、ここは何処でしょう？」

何かで読んだ事があった。方向音痴の人は、自分が今何処にいるのかを把握《はあく》できないらしい。たとえ地図があったとしても。

「ここは西区、孤児院とは全然方向が違うだろ……」

更に言えば、ここはついこの間二人で通った道だ。

「シリューさん……お願いがありますぅ」

ミリアムはシリューの服の袖をちょん、と摘まんだ。

「……ぜひ、ご一緒させてくださいぃ……」

それはまるで、必死に足元に縋りつく、捨て猫の目……。

「はぁ、仕方ない。孤児院まで送ってやるよ……」

シリューは猫派だった。

「とりあえず防具屋に行くけど、お前どうする？」

シリューは、一歩遅れてついてくるミリアムを振り返った。

「あ、一緒に入ってもいいですか？　待ってるのも、その……」

申し訳なさそうに顔を伏せるミリアム。

「まあ、暇だよな。いいんじゃないか気にしなくても」

ぶっきらぼうなのは相変わらずだが、前ほどは棘のないシリューの言葉に、ミリアムは少しだけ頬を緩める。

「ありがとうございますっ。防具屋さんって、一度見てみたかったんですっ」

妙にはしゃぐミリアムに、シリューは一抹の不安を覚えた。

「……いいけど、店の物壊すなよ？」

「こ、壊しませんよっ！　子供じゃないんですからっっっ」

顔を真っ赤にして腕をばたばたと振るミリアムを、シリューはジトっとした半開きの目で眺めた。

「……いえ、あの……壊しません、はい……。これ以上お給料から修理代を引かれたら、その、せ、生活できません……」

徐々に小さな声になっていくミリアムに、シリューが納得した表情で肩を竦めた。

「それであの時、ダイエットしてるって嘘ついたのか……。昼飯に使う金が無いから……」

「うっ、そうですけど。恥ずかしいから、声に出して言わないでぇ……」

ミリアムが顔を上げると、そこには思いっきり憐《あわ》れみの表情を浮かべたシリューの顔があった。

「ああ、ちょっ、やめてぇ。そんなっ、かわいそうな小動物をっ、見るような目で……見ないでくださぁいっ」

かわいそう、というより残念な小動物だな、とシリューは思った。

胸だけはメロンなばいんばいんだけど……。

「とにかく……」

シリューは、店のドアノブに手を掛ける前に、一度振り返り。

「店の物に不用意に触るなよ」

人差し指を上げて念を押した。

「はい、それはもう……」

しゅんとなったミリアムの肩に、姿を現したヒスイがちょこんと座る。

「ご主人様。ヒスイがちゃんと見張ってるから大丈夫なの、です！」

「ああ、よろしく、ヒスイ」

「はい、です」

ヒスイは任せろ、とばかりに胸を張る。

「うう、なんて言ってるか分からないのに、とっても情けない気分ですぅ」

そんなミリアムをとりあえず無視して、シリューは店の扉を開けた。

「いらっしゃい。待ってたわよシリュー君」

防具屋『赤い河』の女主人、エルフのベアトリスは相変わらずのビキニ・アーマーで、身体をくねらせ妖艶に微笑んだ。

「あら、お連れさん？」

シリューの後に入ってミリアムに気付き、ベアトリスが目を細める。

「はい、店を見たいって言うんで、いいですか？」

「ええ、構わないわよ。自由に見ていってね、神官さん」

「あ、はいっ。ありがとうございます」

ちょこんとお辞儀をした瞬間、胸が常識外に弾んだのを、ベアトリスは見逃さなかった。

「シリュー君……とんでもない逸材《いつざい》を連れて来たわね……」

「はい？」

シリューは意味が分からず、首を傾げる。

「いいの、私に任せて」

つかつかとシリューの脇を抜けたベアトリスは、ミリアムの身体をくまなく観察して一言。

「脱いで」

「「えええええっ!!」」

大きな瞳を更に大きく見開いて驚くミリアムの声に、同じような表情を浮かべたシリューの声が重なる。

「あら、ごめんなさい。サイズを測るから、上着を脱いでって意味よ」

「いやベアトリスさん、意味が分からないんですけど」

言葉を訂正したベアトリスに、シリューが冷静に疑問を投げかけた。

「あのっ、私これ脱いだら下着になっちゃうんですけど……脱がなきゃだめですか？」

「ってか、お前もなに納得した、みたいになってるんだよっ！」

シリューは、おそらく意味の分かっていないミリアムに、つっこみを入れる。

「任せて、最高に燃え上がる装備《ビキニ・アーマー》、作ってあげるから……」

「お断りします」

シリューは即座に拒否した。

「ええっ？　これだけの逸材、埋もれさせておくの？」

「はい、できれば地中深く埋めておきたいです」

「……シリューさん、今何気にめっちゃ酷い事言いました……」

ミリアムの事はとりあえず無視しておく。

「とにかく、二人とも一旦黙ろうか。話が進まないから」

「彼女へのプレゼントじゃないの？」

念を押すようにベアトリスが尋ねた。

「彼女、じゃないし、プレゼントでもないです」

「あのぉ、話が見えないんですけどぉ……」

ミリアムが戸惑いながらも話に割り込んでくる。

「とりあえずお前は黙ってろ。話がややこしくなるから」

シリューはミリアムの鼻先に人差し指を突きつけた。

「……それより、頼んでた物、できてますか？」

このままでは埒が明かないと判断し、なかば強引にこの話題を終わらせ本題にはいる。

「え、ええ。勿論できてるわ。こっちよ」

ベアトリスはカウンターに置いてあった箱を開き、中身を取り出した。

「ローブですか……？」

「まあ、とりあえず着けてみて」

ベアトリスに手伝ってもらい着けてみると、それはローブと言うよりコートに近かった。

材質は革製で深い蒼に白いラインが走り、フードだけは同色の布製。

胸や肩、指ぬきのある袖の部分に、ルミアル鋼のプレートが縫い付けてあり、二つに分かれた裾は、後ろが膝、前が股下程度の長さになっている。

サイドにプレートアーマーの装着されたベルトは、ベアトリスの物より若干大きく、デザインもより男性的なエッジが効いている。

シリューはその場で腕を振って、腿上《ももあ》げをしてみた。

「どお？　基本は魔法使いって事だったから、ローブとコートを組み合わせたデザインにしてみたんだけど」

素材にはブルートベアの皮を使い、金属鞣《なめ》しをほどこした後で仕上げと着色加工され、柔軟性、保湿性、耐熱性を確保してある。

元からかなりの強度のあるブルートベアの皮は、ローブの素材として人気が高い。

「うん、いいですね。身体の動きも阻害しないし、バタつきもない……ただ……ちょっと尖り過ぎっていうか……」

真っ黒ではないが深い蒼、デザインやシルエットも、何となくゲーム的な感じだ。いわゆる厨二、的な……。

「そんな事ないですっ。かっこいいですよ、シリューさんっそのコート！　ちゃんとした冒険者みたいですっ!!」

ミリアムに悪気はない。ただ思った事を正直に口にしただけだ。

「神官さん、そこはせめて似合ってるって言ってあげて？」

「あ、ご、ごめんなさい、似合ってます……」

まさに取って付けたような言葉だった。

だが、シリューは特に気にした様子もなく首を振る。

「ま、ちゃんとしてないお前に言われてもな」

それから、ベアトリスに向き直り、にっこりと微笑む。

「でも気に入りました。ただのエロエルフじゃなかったんですね」

シリューもミリアムに負けず劣《おと》らず正直だった。

それがこの場で適切かどうかは別にして。

「シリュー君……相変わらず随分な発言ね……ま、嫌いじゃないけど」

「シリューさんは、息を吐くように毒をはきますからっ」

ミリアムが、お日様のような笑顔で首をちょこん、と傾げた。

「それはもう、全身毒でできていると言っても過言ではないくらいに」

「黙れ、紫パンツ残念変態……ミ、リ……アム？」

シリューの目が自信無さそうに泳ぐ。

「ちょっ、なんで疑問形なんですかっ、あってますよっ！　っていうかなんで前半とセットみたいになってるんですか!?」

「あの、盛り上がってるトコ悪いんだけど、お代の話、してもいいかしら？」

「あ、すいません。いくらですか？」

「みゅっ、また無視したっ？」

ベアトリスは、カウンターに置かれた明細書を手に取り、シリューに渡した。

「三千二百十ディールよ、支払は分割でも……」

前金の三百二十ディールと合わせて三千五百三十ディール。

新人冒険者にはなかなか厳しい金額だったが、ナディアからの報酬と、グロムレパードを売った代金のある今のシリューにとっては、気になる程ではなかった。

「いえ、今全額払います」

シリューは、代金の三千二百十ディールをガイアストレージから取り出し、カウンターに置いた。

「……ホント、お金には困ってないのね……シリュー君。とても新人冒険者とは思えないわ」

ベアトリスが、肩を竦め手のひらを上に向ける。

ミリアムは目を丸くして、シリューとカウンターの金貨を交互に見ていた。

「そんな金額……初めて見ましたぁ……」

◇◇◇◇◇◇

代金を支払い店を出たあと、ミリアムがどこか遠い目をして言った。

「シリューさんって、実はすっごい冒険者だったんですねぇ」

「前にも言ったけど、駆け出し、だぞ」

「でもでも、グロムレパードを倒したり、お金もいっぱい稼いでるじゃないですか」

その言い方に、少し引っかかるところがあり、シリューは眉根を寄せた。

確かに、グロムレパードの群れを瞬殺できるほどの力を手に入れた。

空中を移動できたり、無詠唱で魔法を発動できたり、その威力も常識を遥かに上回るものだ。

だが、だからと言って自慢しようとは思わないし、できるだけ使いたくはないというのが本音だった。

「偶々そうなっただけだよ。自慢できるような事じゃないし……」

「偶々でもそんな事ができちゃうんですね……」

ミリアムは肩を落とし溜息をついた。

シリューは謙遜《けんそん》ではなく、本音を話したのだが、なぜかますます深みにはまっていくようだ。

「……なんだよ急に……」

「……」

ミリアムは無言で俯き、立ち止まった。

「あの、いろいろ迷惑をお掛けして、ごめんなさい……。ちゃんと謝ろうと思ってたんですけど、なかなか機会がなくて……」

「べ、別に……言うほど気にしてないし……」

嘘だった。

本当はかなり腹立たしかったのだが、今はそれを口にするような雰囲気ではない気がした。

「……私、何やってるんだろう……」

「え？」

「シリューさんみたいに、才能のある人を見ると……そう思っちゃうんです」

「俺のは……」

この世界に召喚され龍脈から復活した時に、おそらく神か誰かに貰ったもので、どうしても自分の力とは思えない。

少なくとも、自分で努力して身につけた力ではないのは確かだ。

「お前こそ、オスヴィンさんに聞いたけど、すごい魔力と獣人以上の体力を持ってるって……。それこそホントの才能だろ？」

「……そうでしょうか……」

ミリアムの声が小さくなる。

「小さい頃、この力のせいで……友達を傷つけた事があるんです。いえ、怪我をさせたって訳じゃないんですけど……」

それはまだ、ミリアムが六歳になったばかりの頃。

友達四人といたずらに街を抜け出し、草原に冒険に出掛けた事があった。

そこで運悪く、群れからはぐれたゴブリンに遭遇してしまったのだ。

冒険者から逃げてきたのだろう、そのゴブリンは顔や腕に傷を負い弱ってはいたが、五、六歳の小さな子供にとっては、それこそ死を意味する相手だ。

皆が泣き叫ぶ中で、一人の子を街に走らせ、ミリアムはそのゴブリンにがむしゃらに向かっていった。

錆びた剣を持った相手に、どうやって闘ったのか、その時の事はよく覚えていない。

知らせを受けて大人がやってきた時、ミリアムは息絶えたゴブリンに馬乗りになり、血まみれになりながら、ひたすら折れた拳を振るっていたらしい。

大人に止められ、ようやく立ち上がり振り向いたミリアムは、自分の血と、相手の返り血とでドロドロになりながら、笑った。

「守ってあげられたって思ったんです。……でもその時、皆から、凄く怯《おび》えた目を向けられて……それから……」

「……力の制御が上手くできない？」

シリューの言葉に、ミリアムは力なく頷く。

これは、そうか……。

自分が傷ついて、その才能に怯えて、持て余す。

シリューは思った。

才能を持って生まれた者と、そうでない者。

自分が、百分の一秒刻みにようやくたどり着いた世界を、いとも簡単に飛び越えトップに君臨し更にその先を見据《みす》える者たち。

その差は僅かコンマ数秒。だがそれは、努力だけでは決して手の届かない領域。

しかしそれでも諦める選択肢はない。

ただ必死に、そしてがむしゃらに手を伸ばす。

いつかその背中に届くと、信じるのではない、誓《ちか》うのだ。

届いてみせると。振り向かせてみせると。

なのに、この少女は……。

「なあ……」

シリューの声に顔を上げたミリアムの額《ひたい》に、そっと手を添える。

「あ、あの、シリューさん?」

そして。

かっこーん。

「みぎゃあぁぁぁっ」

その額を指ではじく。いわゆるデコピン。

胸のすくような打撃音と、ミリアムの悲鳴が響く。

「ななな、なにするんですかっ！　今のっ、お、おでこ一瞬陥没《かんぼつ》しましたよっっ!!　三センチくらいっ!!」

額を両手で押さえ、顔を真っ赤にして怒るミリアム。

「真面目な話してるのにっ、酷くないですかっ!?」

シリューの周りにも居た。

才能を持っていながら努力しない者、上を見ない者。

そして、今のミリアムのように、才能を持て余してしまう者。

どれも、シリューからすれば、イラついてしまう相手だった。

「……才能のあるヤツはさ……」

穏やかな声でシリューは言った。

「才能のあるヤツは、上でどんって構えてればいいんだよ」

「え？」

「一番高いトコで、堂々と胸張って、そして下なんか見ずに更に高い所目指してればいいんだ。だからこそ、俺たちは追い掛けるんだよ、いつかその背中を捕まえてやるって、いつかその高みに昇ってやるって、誓えるんだ」

シリューの目は、ミリアムを通り越しもっと遠くを見つめているように見えた。

「……シリューさん……」

ミリアムが見つめるシリューの顔には、涼し気な笑みが浮かんでいる。

「……それって、自信を持てっていう事ですか？」

「どうかな。でも、自分の力なんだから、ちゃんと受け入れた方がいいと思うけどな、ミ、ミ、ミ、ミリアム」

「え……？」

シリューはそれだけ言うと、さっさと踵を返し歩き出す。

ミリアムは、胸の中でシリューの言葉を繰り返した。

「自分の力……受け入れる……」

そして、最後の一言。

「うふっ」

「なにやってんだ、置いてくぞ」

シリューがちらりと振り返った。

「あんっ、待ってくださぁい」

トコトコと駆け寄ったミリアムは、シリューの前に回り、後ろ向きに歩きながら上目使いに見つめ、春の日差しのような微笑を向けた。

「シリューさんってぇ、ちゃんと優しいんですねっ！」

ミリアムのまっすぐな眼差しに、シリューは思わず立ち止まって目をそむける。

「ばっ、な、なにニヤケてるんだよっ。キモっ。ばっかじゃないの、マジキモっ」

当然それはミリアムに見透かされている、ただの照れ隠しだ。

ミリアムは息が掛かるほどに顔と顔を寄せ、まるで子供をあやすような目で言った。

「……シリューさん……かわいいっ」

この時、シリューとミリアムの優劣を表す位置関係に、微妙な変化が生まれたのは言うまでもない。

「は・な・れ・ろっ」

「いみゃぁぁ」

シリューは、思いっきりミリアムの両頬を摘まんで捻った。

「ひ、ひたひれす、は、はなひてぇぇ」

「うわぁ、ひどい顔。なんとか記録として残せないかな?」

「ほ、ほれは、やへてぇ」

「ぶっっ」

変な生き物のような顔に耐え切れず吹き出し、思わず手を離す。

「もうっ、ホントに子供なんですからっ。せっかく褒めたのにっ」

ミリアムはひりひりと痛む頬をさすり口を尖らせるが、その表情にはどことなく余裕が感じられた。

「お前に褒められても嬉しくありません」

シリューがミリアムの脇をすり抜け、速足に歩く。

ミリアムはさっと横に寄り添い、シリューを横目で見つめる。

「シリューさんの事……ちょっと分かっちゃった」

それには答えない。

ミリアムは少し拗ねたような表情を浮かべ、すぐに笑顔に戻る。

「……シリューさん、初めてちゃんと名前で呼んでくれましたね……」

シリューは眉根を寄せる。

「そうか？」

「そうですよ」

「最初から名前で呼んでたと思うけどな」

「呼んでませんよ？」

「……紫パン……」

「そ、それは、名前じゃないですっ。シリューさんが勝手につけた変なあだ名ですっ」

シリューは肩を竦め、両手を上げて首を振る。

「ちょっ、なんでそんな、やれやれ、みたいなカンジになってるんですかっ」

「いや、疲れるやつだなぁと思って」

そう顔も向けずぽつりと言って、シリューは渋い表情を浮かべた。

「ううぅ、なんか、なんか悔しいですぅ」

それでも、子供っぽいシリューの態度を許してあげよう、と心の中で誓うミリアムだった。

◇◇◇◇◇◇

そのあと、孤児院まで二人で歩く道すがら、シリューは迷わないコツをミリアムに教えていた。

「店は看板だけを見るんじゃなくて、全体と、どの位置にあるかを頭にいれるんだ」

「はいっ、なるほどぉ」

終始この調子だったが、理解したのかどうかは怪しい。

言ってるそばから、逆に曲がろうとする事が一度や二度ではなかったのだ。

「あ、凄いです。スムーズに孤児院まで辿り着きました」

ミリアムはまるで自分のお手柄とばかりに胸を張るが、実のところ全く貢献していない。

「言っとくけど、お前の言う通りに進んだら、今日中に着いてないから」

「は、はい……ごめんなさい……」

シリューに呆れたような目を向けられ、ミリアムはしゅんと首を竦める。

「あら、ミリアムさん、こんにちは」

二人が孤児院の門を開けようと近づいた時、建物の中から一人の女性が出てきた。

年齢は二十代半ばだろうか、身長はミリアムより低くブラウンの髪。

手には空っぽの籠を抱えている。

「あ、クロエさん、こんにちは。今日はお仕事ですか？」

気軽に挨拶をしたところを見ると、二人は知り合いのようだった。

「ええ。頼まれていたお薬と薬草。それに、子供たちに焼き菓子の差し入れを」

クロエは一度孤児院を振り向いて頷いた。

「いつもありがとうございます。子供たち、喜びますっ」

「あら、そちらの男性は……もしかしてミリアムさんの恋人？」

「「違います!!」」

ミリアムとシリューの声が被る。

こういう時に息はばっちりだ。

だが、余りの勢いにクロエは気圧《けお》されてしまった。

「そ、そんなに激しく否定しなくても……」

今度はシリューが口を開く。

「いえ、こんなのと同類と思われると心外なので」

「シリューさん……何気に酷いです……」

そんなやりとりを見て、クロエはくすりと笑った。

「仲がいいんですね」

意外な意見にシリューは首を捻る。

「なんでそう思うんです？」

どう考えても、仲がいいようには見えないはずだ。

「お二人を見ていれば、誰でも分かると思いますよ」

クロエは見守るように目を細め、ゆっくりと頷いた。

「あなたの目は節穴です」

きっぱりと言い切った。初対面の相手に。

「うわぁぁ、シリューさん。めっちゃ失礼ですぅ」

言われたクロエも目を丸くして固まっている。

「あ、どうもすいませんでした。でも、こいつと一緒くたにされるのは、どうしても我慢なりません」

シリューはいつもよりも更に涼しげに笑い、穏やかな声で言った。

「シリューさん……こわいです……クロエさん、怯えてます」

「あ、あ、いえ、私も不用意な事を言ってしまって……それじゃあ、ミリアムさん。私はこれで」

クロエは、そそくさと門を出て、足早に去っていった。

「今の人は？　バザーの時は見かけなかったけど……」

クロエの後ろ姿を目で追い、シリューが尋ねた。

「商人のクロエさんです。日用品とか薬を納めてもらってるんですけど、来るたびに子供たちに手造りのお菓子を差し入れてくれるんです」

「そんなに子供が好きなんだ……」

「何年か前に、ご主人とお子さんに先立たれたって聞きました」

「そうか……優しそうな人なのに……」

シリューの表情が陰る。そういう話には、あまり耐性がなかった。

「その優しい人を、誰かさんは威圧しましたね……」

「うん。なんかごめん。今度会ったらちゃんと謝る……」

「はい。そうしてあげてください」

しばらく無言のまま立ち尽くす二人。

どことなく気まずい空気が漂う。

「シリューさん……この後は、お仕事ですか？」

先に口を開いたのはミリアムだった。

「あ、ああ、そうだった。迷い猫の捜索依頼を二件受けてたんだ」

「え？　迷い猫の捜索……ですか？　シリューさんなら、討伐系のクエストでもっと簡単に稼ぐ事ができるんじゃ……」

ミリアムは不思議そうな顔で呟いた。

「面倒くさい。草原とかはまだいいけど、森はちょっと……。俺は都会派なんだよ」

笑って答えるシリューに、ミリアムも確かに、と同意する。

都会派な冒険者ってどうなんだろう？　と思わなくもないが、ミリアム自身も森はあまり好きではなかったので、それ以上追及はしなかった。

〝森には、でっかい変な虫がいっぱいいるし〟

「でも二件って……何日もかかるんじゃないんですか？」

「いや、まあ今日中には何とかなると思う」

「そんなに簡単に見つかるとは思えないんですけど……コツとかあるんですか？」

ミリアムが疑問に思うのも尤もな話だった。ただ闇雲《やみくも》に探したところで、狭い所に入り込んだり、高い所に登ったりと、立体的に移動できる猫をそうそう見つけられるわけはない。

「コツって言うか、猫の習性とかテリトリーとか、まあ、一番は匂いかな」

「匂い……ですか？」

「ああ。ま、特殊技能みたいなものかな？　特に嗅覚が鋭いって訳じゃないんだけど、匂いを解析して、痕跡を辿る事ができるんだよ」

魔力痕の方は伏せておくことにした。

「……匂い……っ」

ミリアムは急に顔を赤くして、あたふたとシリューに背を向ける。

その仕草の意味を察したしシリューは、慌ててフォローする。

「いや、だからっ、獣人みたいに嗅覚が発達してるわけじゃないって。ただ匂いの成分を分析できる能力なんだよ。だからそのっ……気にしなくても大丈夫だって」

「……でも私、朝から歩き通しだから……汗くさいかも……」

完全に失敗だった。魔力痕の方を話すべきだったと思ったが後の祭りだ。

「そ、そんな事はないけど……石鹸のいい香りしかしないし……」

ミリアムは赤い顔のままそっと振り向いた。

「ほ、ホントに……？」

「あ、ああっ、ホントっ、多分……」

気まずさは、先程の比ではない。

「じゃあ俺、帰るわ……依頼もあるし」

「あ、はい。ありがとうございました。……あのシリューさんっ」

ミリアムが思い出したように、シリューを呼び止める。

「気が向いたら、また子供たちと遊んであげてください。あの子たち、シリューさんの事待ってますよ」

シリューは振り返り、軽く手を振った。

「ま、気が向いたら、な」

◇◇◇◇◇◇

「シリューさん、お疲れ様です」

その日の夕方。

二件の猫探しを無事に終わらせ、シリューは冒険者ギルドに報告に立ち寄った。

「それにしても……一日に二件の猫探しを成功させるなんて、さすがキャット・チェイサーですね」

レノの口から、何か不穏な呼び名が出てきた。

「キャット・チェイサー？」

シリューは眉根を寄せて聞き返す。

「はい、評判ですよ。迷った猫は必ず見つけ出す、猫探しのプロフェッショナル。口コミで噂が広がったらしくて、ここのところ依頼が増えてるんです」

レノは屈託《くったく》なく笑う。

そこには嫌味など全くなく、純粋に喜んでいるようだ。

「それにしても、キャット・チェイサーって……」

地味にかっこ悪い。

だが、いなくなった猫を連れて帰った時の飼い主の笑顔は、地味な仕事ながら達成感を与えてくれる。

「ま、いいか。実際猫探しばっかりしてるし」

「はい、依頼主もとても喜んでくれています。だから自信を持ってください。支部長の事は無視されて大丈夫ですよ」

「確かに、あの人なら『地味だな』とか『なんか派手にやらかせ』とか言いそうですね」

もう何度か言われていたが、そのたびにさっさと話を切り上げていた。

「はい。だから無視で」

シリューとレノは顔を見合わせて笑った。

「じゃあ、また」

ひとしきり笑った後、シリューは報酬を受け取り席を立った。

「はい、また宜しくお願いします」

お辞儀をするレノに会釈を返し、シリューは壁に貼ってある依頼票に目を通していく。

その中に、気になるものが二枚。

手に取ってよく見ようとした時だ。

「そいつは、おすすめできねえな」

「え？」

振り返るとそこには初日、登録カウンターの場所を教えてくれた大男が立っていた。

「無事にやってるようじゃねえかルーキー。ああ、名乗ってなかったな、俺は熊人族のルガーだ」

「どうも、シリューです」

相変わらず凶悪な顔に、見上げるような体躯。ゆうに二メートルは超えている。

「あの、おすすめしないって……」

「行方不明の子供の捜索だからな」

「それが、どうして？」

ルガーは短い首を竦める。

「まず、報酬額を見ろ、三百ディールだろ？　安い額だが、出す方にしてみりゃ多分ぎりぎりなんだ。それこそ食う物も食わず必死にかき集めた金だろうな」

「……そうでしょうね、自分の子供がいなくなったんだから……」

「じゃあこいつは、身代金目当ての誘拐《ゆうかい》じゃあねえってこった」

シリューは頷いた。確かに、身代金目当ての誘拐ならもっと裕福な家庭を狙うだろうし、それなら報酬はもっと多いだろう。

「じゃあこれ……」

「街の外にでたとすりゃあ、もう……。そうじゃねえなら、奴隷として売るために攫《さら》われたか、だ。どっちみち、探して保護するなぁ無理だろうな。気の毒だが、俺たち冒険者にもできる事とできねえ事がある」

元来人がいいのだろう。ルガーの目には、どうにもならないもどかしさが滲んでいた。

実際のところ、これまで行方不明の子供が、無事保護された例は殆ど無い。

つまり、このクエストを受けたとしても、失敗して違約金を支払う可能性が非常に高いという訳だ。

「まあ、どうしてもって言うんなら、止めはしねえがな……」

ルガーはそう言って、シリューの肩をポンと叩き、立ち去っていった。

「……できる事とできない事……か。まあ、そうだよな」

『子供を探してください！』

そう書かれた依頼票に、後ろ髪を引かれる思いで、シリューはギルドを後にした。

◇◇◇◇◇

その夜の孤児院。

皆が寝静まった頃、こっそりとベッドを抜けだした男の子は、隣の部屋のドアを薄く開き、同い年の女の子に声を掛けた。

「ハンナ、はやくはやくっ。こっちだよ」

「待ってダドリー、今いく」

ハンナは、枕とシーツを丸めてその上から毛布を被せた。

これで、夜中の見回りを誤魔化せるはずだ。

「よし、いこう」

二人とも寝間着ではなく、普通の服を着ている。

足音を立てないよう、靴を両手に持ち、小さな背を屈《かが》めてゆっくりと外へ続く裏口のドアへと近づく。

見つかる可能性が一番高いのは、そのドアの手前にある宿直室の前を通る時だ。

二人は胸に付けた、紋様の描かれたバッジに手を振れる。

「これで、大人から見えなくなるの？」

「うーん分かんない。でも、にんしき？　が、しづらくなるって言ってたよ」

ハンナの疑問に、ダドリーが首を傾げながら答える。

無事に宿直室の前を抜け、ダドリーがそっとドアノブを回す。

鍵は掛かっていない。

二人は素早くドアを抜け、裏庭に出た。

後は、迎えに来ているはずの裏門まで走るだけだ。

急いで靴を履き、裏庭を駆ける。

「こっちよ、ダドリー、ハンナ、お利口さんね」

裏門の外には、黒いフードを被った三人の大人が待っていた。

「これで、パパとママにあえるの？」

「ええ、会えるわよ」

タドリーとハンナの、焦点《しょうてん》の合っていない虚ろな目を見て、黒いフードの一人がニヤリと笑った。

◇◇◇◇◇
「シリューさんっ、今日も猫ちゃん探しですかっ？」

宿の食事処で、朝食を終えたシリューのテーブルをかたづけながら、この宿の娘、カノンが元気よく聞いた。

他にも三組の客がいてカノンの声に振り向いたが、すぐに自分たちの会話に戻った。

「……え？　なんで……」

何故カノンが猫探しの事を知っているのか、シリューは疑問に思ったが、すぐに納得の答えに至った。

「お姉ちゃんに聞いたんですっ。シリューさん、キャット・チェイサーって呼ばれてるんですよね！」

ギルドの情報規約ってどうなっているんだろう、と思わなくもないが、それより大きな声でその呼び名を言われると、かなり恥ずかしい。

「……いや、カッコ悪いよね……それ」

レノは大げさな仕草で首を振る。

「そんな事ないですっ！　いいじゃないですか猫ちゃん探し!!　シリューさんカッコいいですっ！！！」

大声で宣言したあと、カノンは一瞬ハッとなり、顔を真っ赤にしてがちゃがちゃと食器をかたづけ、大慌てでカウンターの奥へ引っ込んでいった。

入れ替わりにやってきたロランが、あっけにとられて茫然《ぼうぜん》となっているシリューの前に、ティーカップを置き入れたての紅茶を注ぐ。

「……うるさくてごめんなさいね。いつも言ってはいるんですけど……」

ロランはやれやれといった様子で眉根を寄せた。

「あ、いえ、全然平気ですよ。目が覚めて丁度いいくらいです」

元気のいい子は嫌いではない。

シリューはふと、部活の後輩の事を思い出した。

カノンのように、いつも元気に挨拶をしてくれる娘だったが、今頃どうしてるだろうか。

それからシリューは、昨日から気になっていた事をロランに尋ねた。

「ロランさん、街で子供がいなくなるって……度々《たびたび》あるんですか？」

ロランの表情が曇る。

「メリルさんとこのサリーちゃんの事かしら。……そうね、ここ二年くらいそんな事件はなかったんですけど……」

「知り合いなんですか？」

ロランは、ますます表情を暗くして、重々しく頷く。

「……あの、いなくなった子は……殆ど見つからないって聞いたんですけど……」

「ギルドで聞いたのなら……本当の事です……」

加えて、たとえ依頼を出したとしても、その成功率の低さから引き受けてくれる冒険者もいないらしい。

「官憲はどうしてるんでしょう？」

犯罪の捜査や取り締まりは、本来官憲隊の仕事である。

「官憲隊も捜査はしていますが……」

ロランは俯いて首を振る。

殺人や強盗と違い、目撃者のいない誘拐は、足取りを掴むのが難しいという事だろう。

「嫌な事を聞いて、すみませんでした」

「いいえ。何かのお役にたてたのなら……」

謝罪の言葉で話を切り上げたシリューに頭を下げ、ロランはティーポットを持って下がっていった。

「……ま、犯罪の捜査は、冒険者の管轄《かんかつ》じゃないよな……」

シリューはティーカップを口に運び呟いた。

知り合いの娘がいなくなった事に、ロランは本気で心を痛めているようだったが、シリューにとっては、会った事もなければ顔も名前も知らない相手だ。

気の毒だとは思うが、それは新聞やテレビのニュースで見聞きした事と同じで、特に実感が伴うものでない。

「それより、今日の仕事だな……」

当分はこの街を拠点《きょてん》に活動するつもりだが、できるだけ早めにランクを上げておきたい。

そのためには、成功率の高いクエストを数こなす必要がある。

シリューは、残った紅茶を一気に喉《のど》に流し込み、席を立った。

◇◇◇◇◇◇

大通りを入り、比較的広い路地の奥に、一軒の古びたサルーンがあった。

看板も無く、営業しているのかも怪しい、昼間でも薄暗い店内のテーブルに、二人の男女が言葉を交わす事なく座っている。

そこに、今にも外れそうなドアを押し開き、もう一人の男が入ってきた。

「つけられなかったでしょうね？」

口を開いたのは、女だった。

「そんなヘマはしねえよ」

入ってきた男が答える。

「まあ、そんなヘマすれば、お頭に消されるけどさ」

座っていたもう一人の男が笑った。

「そうね。で、首尾は？」

女が尋ねる。

「ああ、荷物はちゃんと引き渡したぜ」

女が頷く。

「それより、例の男が何者《ナニモン》か分かったのか？」

立ったままの男が女にむかって聞いが、それに答えたのはもう一人の男だった。

「分かったよ。けどさ、大した奴じゃない。最近登録したての冒険者で、得意なのは猫探しだ」

「猫？」

「ああ、討伐系の依頼は一度も受けてないよ」

女が心底軽蔑したような笑みを浮かべる。

「たてついてきたとしても、私でも簡単に殺せる程度のひ弱そうな奴ね。心配ないわ」

三人の低い笑い声が、薄暗い店内に響いた。

◇◇◇◇◇◇

その日一日、シリューは三件の薬草採取のクエストをこなした。

三種類とも一度受けた事のある薬草だった為、固有スキル【探査】の対象物として登録してあり、簡単に見つける事ができた。

「とりあえず、今日の稼ぎはこれで充分かな」

蓄えはあるが、その日の食《く》い扶持《ぶち》はその日稼ぐと決めていた。

そうでないと、何となく怠《なま》け癖がついてしまいそうだったからだ。

「シリューさん、あと三回のクエストでGランクに昇格ですね」

レノが完了手続きを終え、報酬をカウンターに置いた。

「あと三回か……」

「手っ取り早く、薬草採取で明日にでも昇格しちゃいましょう」

担当する冒険者の昇格は、受付嬢にとってもポイントとして加算され、その分給料に影響するらしい。

「それもありますけど、私、シリューさんのファンですから」

爽《さわ》やかに、他意のない笑顔を浮かべてレノが言い切った。

「えっと……」

冒険者のファンって何だろう、有名な人にはそういうのがつくのだろうか。

シリューには今ひとつピンとこない。

「シリューさんは、きっと勇者様と並び立つほどになります。たとえそれがこの街でなくても、個人的に応援させてくださいね」

グサリと胸に刺さる。

レノは本当にそう思っているようだが、シリューとしては勇者の隣には立ちたくない。と言うか逃げたい。

「レノさん、あの、大袈裟です……」

更に目を細め、首を傾げるレノの仕草に耐えられず、シリューはそそくさとカウンターを後にした。

◇◇◇◇◇◇

スイングドアを押して外に出ると、建物の角にピンクの髪の少女が一人、ぽつりと佇《たたず》んでいた。

「ミリアム？」

シリューが声を掛けると、ミリアムは両手で目を擦り振り向いた。

「あ、シリューさん……」

大きな瞳は赤く充血し、心なしか瞼《まぶた》を腫《は》らしている。

おそらく、たった今まで泣いていたのだろう。

「お前……何があったんだ？」

短い付き合いだが、元気で前向きな事だけが取り柄のこの娘が、こんな風に肩を落とし泣いているなど、余程の事があったに違いないと思えるくらいには、他人でもない。

「……孤児院の子が二人もいなくなって……一日中探し回ったんですけど、ぜんぜん見つからなくて、それで……」

顔を上げようともせずに、消え入りそうな声で呟いた。

「いつ、いなくなったんだ？」

「昨日の、多分夜中です……」

「捜索依頼は出したのか？」

ミリアムは力なく頷く。

「予算が無いから、オスヴィン様が自費で依頼料を出してくれました……」

そう言って顔を上げシリューを見つめたミリアムだが、すぐに下を向き押し黙ってしまった。

「そうか……誰かが受けてくれるかもしれないし……見つかるといいな」

夜のうちにいなくなったのであれば、遊びに出掛けて戻れなくなったという可能性は低い。

何らかの方法で誘拐されたのだろう。

それはシリューにとって、精一杯の慰めの言葉だった。

「……はい……」

ミリアムは下を向いたまま、掠れた声で返事をした。

「じゃあ、俺は帰るから……お前も、気を付けて帰れよ」

「は、い……」

ミリアムの声はもう声にならず、その肩は小さく震えていた。

足元に透明な雫がひとつ、ふたつ。

遠ざかるシリューを、ミリアムは引き留めもせずただ俯くばかり。

分かっている、ミリアムは気を遣っているのだ。

これ以上迷惑をかけないように。

シリューが困るような言葉が、口をついて出てしまわないように。

だがそれでも、それが分かっていても、ここに来てしまったのだろう。

「……そうだよな……」

いなくなったのは、当然ミリアムの子供でも、血を分けた兄弟でもない。

だが、ミリアムにはそんな事は関係ないのだ。

シリューは立ち止まり、振り返った。

ミリアムは未だその場所に立ち尽くしたまま、動こうとしない。

「……あの残念神官……」

泣き叫ぶ子供をあやしていた時の、ミリアムのやわらかな笑顔がシリューの胸をよぎる。

「ったく、イライラするっ。あの馬鹿っ！」

シリューは踵を返し、ミリアムの元に戻った。

「おいっ残念神官っ」

怒気《どき》を含んだシリューの声に、ミリアムはびくっと肩を震わせ顔を上げた。

「シリュー……さん？」

シリューの思った通り、ミリアムの頬を涙がつたい零れ落ちている。

その事に気付いたミリアムは、慌てて涙を拭った。

「言いたい事、あるんだろ……」

「え……」

「言いたい事があるんだろっ、その為にここに来てっ、俺を待ってたんだろ！」

「あ、あの、でも……」

「ここでっ、このまま立っとくつもりか？　それで何か解決するのか？　違うだろっ！　それじゃ何も始まんないだろ‼」

シリューは一旦言葉を切り、大きく息を吸った。そしてミリアムの両肩を掴んだ。

「なに遠慮してんだ！　迷惑なんて今更だろっ‼　助けてほしいならっ、助けてくれって言えよ！」

大声で、シリューにしては乱暴な言い方だった。

だがその瞳には、縋《すが》る者を決して見捨てる事のない、一心な優しさが輝いている事にミリアムは気付いた。

「シリューさんっ……シリューさんっ、お願い助けて、子供たちを見つけてあげてください。もうシリューさんしか、頼る人いないんですっ」

ミリアムは必死に縋った。

もう涙を隠す必要もない。

目の前の黒髪の少年に、必死に縋りついた。

「見つけてやるさ、絶対」

シリューは穏やかに、しかし力のこもった声でミリアムの願いに答えた。

「シリュー、さん」

ミリアムの目から大粒の涙がぽろぽろと零れる。

シリューは、その涙を指でそっと拭った。

「任せとけ。子供は俺が絶対見つけてやる、だからもう泣くな」

「シリューさん……でも……いいんですか？」

失敗の可能性と、違約金の事を気にしているのだろう。

伏し目がちにシリューを見上げるミリアムの瞳には、涙の他に戸惑いの色も滲んでいた。

「いいとか悪いとかじゃない。……誰かが泣いてるのを、見たくないんだよ……」

ミリアムから目を逸らし、顔を背けて、それでもはっきりと聞こえるように。キザな言い方かもしれない、だがそれがシリューの本音だった。

ミリアムだけではない、きっと子供たちの親も泣いている筈だ。

「来いっ」

シリューはミリアムの腕を取り、冒険者ギルドのスイングドアを開く。

そして、依頼票の張られた壁の前まで進み立ち止まった。

壁の一角。以前から貼ってあった二枚の捜索《そうさく》依頼の横に、新たにもう一枚、孤児院からの依頼票が加えられていた。

シリューはその依頼票にそっと手を伸ばす。

失敗を恐れていたのか、無理やり他人事だと思うようにしていた。

捜索のクエストは三件。

「昇格の腕試しには丁度いいかもな」

冒険者の仕事ではないと、官憲の仕事で自分には関係ないと、もう割り切る必要はない。

ミリアムの涙が、後押ししてくれた。

自分の気持ちを偽るな、と。

やりたいようにやれ、と。

子供が生きている限り、とことん追い詰める。

それが個人なら、広場にでも吊《つ》るしてやる。

どんな組織が関わっていたとしても、必ず叩き潰してやる。

それが当然の報いだ。

シリューは不敵な笑みを浮かべ、三枚の依頼書を壁から剥がした。

「そこで待っててくれ」

ミリアムを残し、シリューは受付へ向かった。

受付のカウンターでは、何故かレノがにこやかに手を振っている。

「シリューさん。素敵な彼女のために頑張ってくださいね」

依頼票を受け取ったレノが、目を細め微笑んだ。

「はい？」

何か途轍《とてつ》もない違和感がある。

「カッコ良かったですよ」

「……あの……？」

シリューは訳が分からず、首を傾げる。

「私もいつか素敵な男性に言われみたいです……」

まさか、と思った。

「……お前の涙を、見たくないんだ……はぁ」

レノは頬に手を添え、甘い吐息《といき》を零した。

「いやいやいやいやいやっっっ」

前半の部分が大きく改ざんされている。と言うか、全く別の意味にすり替わっている。

「誰それっっ。言ってないですよね俺っ？　ってか、見てたんですかっ⁉」

「はい、もうばっちり」

レノは満面の笑みできっぱりと言い切った。

シリューの顔がみるみるうちに赤く染まる。

口説《くど》いたつもりは全くないが、改めて思い返すとかなり恥ずかしい。

見られていたとなると尚更だ。

手続きの終わった依頼票をひったくるように受け取り、シリューはさっと踵を返した。

「よう、シリュー」

目の前にたっていたのは、凶悪な顔に穏やかな笑みをたたえた、熊人族のルガーだった。

「ルガーさん？」

「おめえ、この街に来て何日もたたねえってのに、あんな別嬪《べっぴん》さんな神官を口説きおとすたぁ、思ってた以上にやるじゃねえか……」

シリューは頭の中が真っ白になる。

〝口説く？　え？　何？　もう、そういう事になってんの？　決定事項なの？〟

キャラクター崩壊寸前である。

そもそも、何が思っていた以上なのか。

「ま、頑張りな」

ぽんっ、とシリューの肩を叩き、ルガーは奥のサルーンへ歩いていった。

周りの冒険者たちも、なにやら生温かい目でシリューを見ている。

「あぁ、なんかこれはアレだな……」

シリューは、ちらっとミリアムに目配せをして、逃げるように外に出た。

いや、実際逃げた。

口笛を鳴らす者もいたが、後で見つけ出して必ず殴ってやろう、とシリューは心に誓うのだった。

「あんっ、待ってくださいっ」

ミリアムは、慌ててシリューの後を追いかけ隣に並んだ。

「な、なんか悪かったな、変な勘違いされたみたいで……その、気にしなくていいから」

「大丈夫です、ちょっと気持ちが楽になりました。面白い人たちですね、冒険者さんって」

指で頬を拭ったミリアムは、もう泣いてはいなかった。

シリューはミリアムの顔を覗き込む。

ミリアムもそれに応えるようにシリューを見つめて笑った。

「立ち直りの早いやつだな……」

「それが、取り柄ですもんっ」

ぴんっ、と胸を張り、勢いよく弾んだ二つのメロン。

「それに……」

意味ありげにミリアムが呟く。

「それに……？」

「……内緒ですっ」

今の気持ちを表すように、ミリアムはくるんっ、と回った。

◇◇◇◇◇◇

その場の勢いで、威勢よく啖呵《たんか》を切ったのはいいが、特に考えがあったわけではない。

「匂いで追跡……できますか？」

ミリアムが遠慮がちに尋ねる。

「……人間相手に使った事ないけど……まあ、いけると思う。ダメなら他を考えるから、心配するな」

「はいっ」

ついさっきまで泣いていたとは思えない程の、安心しきった笑顔でミリアムは頷いた。

「なあ……」

「……はい？」

ミリアムは真っすぐ、曇りのない瞳で見つめ返してくる。

何故そんなに信用できるのか、とシリューは思ったが、それ以上口には出さなかった。

信用してくれるのなら、それに百パーセントで応えてやればいい。

「とにかく、孤児院に行ってみよう。暗くなる前に、ある程度は痕跡を掴んでおきたい」

「はい、お願いします」

シリューはミリアムと二人、急いで孤児院に向かった。

こういう事件の場合、事実の解明と犯行の立証のため、迅速な初動捜査が重要になってくる。

勿論、ＴＶや小説からの受け売りで、全くの素人であるシリューに、どれほど的確な捜査活動ができるかは分からない。

「はあっ、はぁ……」

ただ、追跡《チェイサー》モードの決め手となる臭気や魔力痕は、時間が経つにつれ弱く薄くなってしまう。

孤児院までの道のりを休まずに駆け抜けた二人だったが、ミリアムは門に辿り着いた途端壁に手をつき、大きく荒く息を切らした。

「ごめんな……さいっ。はあっ……あっ……少し、待って……はぁっ」

息も絶え絶えなミリアムに対して、シリューは汗一つかいていない。

「大丈夫か？」

覇力による身体強化は、瞬発力や力自体を底上げするがスタミナを向上させる効果は無い。

ギルドからここまで百メートルを、十秒を切るペースで一分近く走ってきたのだ。

常人なら到底ついて来られるものではない。

「お前……ホントに凄いな……」

それはシリューの、偽らざる心からの言葉だった。

「……シリューさ……んっ、こそっ……す、すごいっ……はぁ、私、もうっ……あっ」

「いや、お前それ、言い方おかしいから」

ヒスイ二号か、と思いつつ、シリューは今にも倒れ込みそうなミリアムを支え、背中をそっとさすった。

それほど親しい間柄でもない女の子相手にどうかとも思ったが、背中を優しくさするという行為はタッチングと呼ばれ、それにより脳の神経伝達物質『オキシトニン』が分泌される。

オキシトニンには、不安やストレスを緩和し、痛みを和らげ、脈拍や血圧を安定させる作用がある。と、看護師になった孤児院の先輩から聞いた事があった。

「ちょっとごめんな……」

「は、いっ……だい、じょうぶ、で、すっ……はぁはぁ、あっ、んっ……キモチ、い……い……」

「うん。頼むから誤解受ける言い方やめて」

そして何故かシリューの真似をして、ミリアムの背中を両手でさするヒスイ。

暫くそうやっているうちに、ミリアムの息も落ち着いてきた。

「ごめんなさい、もう、大丈夫です」

ヒスイがミリアムの目の前に飛び、ちょこんと首を傾げて微笑む。

「あ、ヒスイちゃんもありがとう」

言葉は通じていない筈だが、ヒスイはちょんちょん、とミリアムの頭を撫で、肩にとまり姿を消した。

「シリューさん、めっちゃ足速いんですねぇ。私、ついてくのがやっとでした。心臓飛び出すかと思いました」

何か色々と爆弾発言、飛び出してたけどな、とはシリューは言わなかった。

「いや、あのペースについてこれるだけ、大したもんだよ。悪かったな、なんかちょっと焦ってて……」

ミリアムはにっこり笑って首を振った。

それはシリューが、子供たちのために本気になってくれているという事だ。

「じゃあ、中を調べてみようか」

「はい、案内しますね」

二人は門をくぐり、建物の中へ入っていった。

◇◇◇◇◇◇

用意してもらったのは、二人の着ていた肌着や、使っていた枕やシーツ。

ただ、肌着は洗濯された後だった為、役に立ったのは枕とシーツの方だった。

【臭いと魔力を検知しました。人間と特定します。年齢を四〜七歳、性別を男、魔力三十五〜四十二と推定します。この人間をダドリーと設定しますか？　YES／NO】

【臭いと魔力を検知しました。人間と特定します。年齢を四〜七歳、性別を女、魔力四十〜四十八と推定します。この人間をハンナと設定しますか？　YES／NO】

「どちらもYESだ」

シリューは二人が揃って、推定魔力四十を超えているのに気付きミリアムに尋ねる。

「なあ、二人ともかなり魔力が高いみたいだけど……」

この世界の人間の平均的な魔力はおよそ六〜八。十五以上あれば生活魔法が使え、三十を超えると魔法使いとして成り立つ事ができる。

「はい。もう少ししたら魔力を扱う訓練を始める予定でした……って、シリューさんっ、そんな事まで分かるんですか？」

ミリアムは驚いたように目を丸くする。

「凄いです……他人の魔力を認知できる人はごく稀なんです。身体に触れずに、しかも衣類だけでそれができるなんて……初めて見ました」

「え？　そんなに少ないのか？」

シリューは今まで、こ世界の人間は皆魔力を感じる事ができると思っていたが、どうやらそうではないらしい。

勿論、数値として魔力を認識できるのは、シリューたち異世界からの召喚者や、賢者の石板を使った場合だけだが。

「はい。私が知ってる限り、ぼんやりと感じる人は何人かいますけど、はっきり認識できるのは、この街の神殿では三人の神官長様と副神官長様一人、後は……」

ミリアムは何故か下を向き、もじもじと膝《ひざ》をすり合わせる。

「……わ、私……ですぅ」

「へぇ、そうなのか？　お前、ホントに凄いんだっ……ごめん、ちょっとびっくりした」

天才、と孤児院の院長オスヴィンが言ったのは、嘘ではなかったらしい。

「あ、ありがとうございますっ」

ミリアムは、素直にシリューから褒められたせいで、顔を真っ赤にして胸を押さえる。

シリューは照れるミリアムを見て、不覚にもかわいい、と思ってしまった。

いや、普通に黙っていれば、かなりの美少女なのは分かっていたが……。

そんな考えを振り払うかのように、シリューは首を振った。

「じゃ、始めるか」

◇◇◇◇◇◇

【チェイサーモード起動します。設定された対象の臭気、魔力痕を視覚化します】

ダドリーのものは青、ハンナのものは赤のラインで表示される。

ごちゃついて重なり合うラインの中から、最も濃いものを選び追跡を開始する。

ダドリーのベッドから延びた青いラインが部屋を抜けて、ハンナの部屋のドアの前で一旦止まっている。

そこから、赤いラインと重なるように、裏口のある廊下へと続く。

つまり、ダドリーが先に起きて、ハンナを迎えに来たという事だ。

二人とも四人部屋で寝ていたわけだから、行動を起こしたのは、他の子たちが寝静まった深夜だろう。

しかも、辿っている高さから、二人は自分の足で歩いている。

誰かが侵入して連れ去った訳ではなさそうだ。

「ん？」

裏口のドアへと続く廊下の途中、丁度宿直室の手前で、青と赤のラインがそれぞれ水色とピンクに変わっていた。

【設定された魔力痕が消失しました】

「魔力が消えた？　どういう事だ？」

【魔力検知を妨害する魔法、もしくは認識阻害の魔法具【アイテム】が使用された可能性があります】

「なあミリアム。認識を阻害する魔法かアイテムってあるのか？」

シリューは立ち止まってミリアムに尋ねた。

「え？　はい、確か闇系の魔法にあったと思います。……アイテムは道具屋さんで売ってるかと。でも闇系を使える人は少ないですし、アイテムはそんなに流通してない筈です。あっても高くて普通の人には買えないです」

「……そうか……」

可能性からいけば、アイテムだろう。

魔法なら、ベッドから起きてすぐ掛けただろうし、そうなると誰かが侵入した事になる。

「なにか、あるんですか？」

「ああ、認識阻害のアイテムが使われてるらしい」

シリューの答えにミリアムはびくっと肩を震わせる。

「な、なんでそんな事が……いえ、ごめんなさい、黙ってますね……」

ミリアムの常識では考えられない事だった。

だが、シリューを信じると誓ったのだ。

ここは、疑ったり、驚いたりしない。なるべく。

ミリアムは疑問の言葉をぐっと飲み込んだ。

「ああ、悪いけど、そうしてくれると助かる」

二本のラインはそのままドアまで続き、そこから外へ。

ドアノブが水色に染まっている事から、やはりダドリー自身がドアを開けたようだ。

シリューはそっとドアを開き、裏庭を眺めた。

裏門まで、真っすぐに水色とピンクのラインが伸びている。

「さあ、追い掛けるぞ」

そう言ってシリューは裏庭に踏み出す。

「はいっ」

西日に長く伸びるシリューの影を追い、ミリアムが後に続いた。

◇◇◇◇◇◇

魔力痕を検出できなくなった為、水色とピンクへ変色した臭気のラインを追い、シリューとミリアムは街に出た。

二本のラインは孤児院の裏門を出た後、少し高い位置を移動していた。

「最低でも大人二人以上、おぶって行ったか抱いて行ったかしたみたいだ……」

袋詰めにされたり、酷い扱いを受けていなければいいが……。そんな思いがシリューの脳裏をよぎった。

ミリアムは目を見開き息をのむ。

「そ、そんな事ま……いえ、私の事は無視してくださいっ」

シリューには一体何が見えているのだろう。

匂いだけを辿っているとは、到底思えない。

確認したくなる気持ちを抑え、ミリアムは黙ってシリューの後に続く。

大通りを抜け、比較的広い路地に入った先に何件かの店が並んでいる。

その一角に、看板も無く、営業しているのかも怪しい古びたサルーンが、人目を忍ぶようにひっそりと建っていた。

立地条件のせいでもう潰れてしまっているのかもしれない。

水色とピンクのラインは、その店の中へと消えていた。

「……問題は……」

攫われた子供たちや、その犯人たちがまだ中にいるのかどうか。

確認するには【探査：アクティブモード】を使えばいいのだが、今は人通りもある。じっと店を見ていれば、犯人たちに気付かれる恐れもある。なるべく自然に監視するためには……。

シリューは少し歩く速度を落とし、ミリアムが追いつくのを待った。

〝……ターゲットスコープ起動……〟

イメージをスパークではなく、そう、姫蛍の発光のように……狙いは……。

「ミリアム……ごめん」

シリューは聞き取れない程の小さな声で、ミリアムへの謝罪の言葉を口にした。

当然、その声はミリアムには届いていない。

〝ショートスタン〟

「ひゃんっ」

右脚のふくらはぎに鋭い痛みが走り、ミリアムはどうする事もできずよろけてしまった。

「大丈夫か？」

派手に転びそうになったミリアムを、シリューはすんでのところで支えた。

「いたたた、ちょっと……足がつっちゃったみたいですぅ」

うん、違うんだ、ごめん。

それは、シリューの心の声。

「歩き通しだったんだろ？　無理するなよ、ほら、掴《つか》まれ」

シリューはミリアムの腕を自分の肩にまわす。

「ご、ごめんなさいっ」

そんな会話の間も、シリューは視線だけを店に向け続ける。

そして、ゆっくりと歩く。ミリアムのペースに合わせてすり足のようにゆっくりと。

突き当たった角を曲がる。

「シリューさん、も、もう大丈夫です……」

「そうか……」

シリューはミリアムの手を放し、真剣な顔で見つめた。

「……ど、どうしたんですか？」

「さっき、お前がよろけた所に、古い店があったろ……」

シリューはちらりと振り返った。勿論そこからはもう見えないが。

「……ごめんなさい……気付きませんでした……」

また怒られるかと思ったのか、ミリアムは申し訳なさそうに目を伏せた。

「いや、いいんだ。看板も無かったし、目立たない店だったから……」

「シリューさん？　まさか……」

シリューは大きく頷いた。

「二人の痕跡があの店の中に続いてた」

ミリアムの目が大きく開かれ、期待の色に染まる。

「……けど、あそこにはもういない、何処かに移された後だと思う……。中は無人だった」

水色とピンクのラインは店の中へ入っていくものだけで、出てくるものが無かった。

いや、無かったのではなく、見えなかったと言うべきかもしれない。

おそらく、木箱か樽に押し込められ運び出されたのだろう。

その為に、臭気の痕跡が残らなかったのだ。

一通りの説明を聞いて、ミリアムは驚愕の表情を浮かべる。

「あの、聞いちゃいけないかもしれないんですけど……何でそんな事が分かるんですか？　いえ、何でそんな事ができるんですか？」

それは、疑いではなく純粋な好奇心だった。

「んー、そうだな。詳しく説明はできないけど、そういう能力があるってトコかな。ただ、建物の中を探査するにはかなり近づいて、時間を掛ける必要があって……」

「……凄いです……そんな能力、初めて聞きました。……って、私が偶々転びそうになったのも、少しはお役に立てたって事ですか？」

何も知らないミリアムの笑顔には、嬉しさが滲《にじ》んでいる。

「ああ、それな……」

本当は黙っていようと思っていたシリューだったが、ミリアムに笑顔を向けられ、良心の呵責《かしゃく》に耐えきれなかった。

「……ごめん、あれ、俺だ……」

「え？」

ミリアムは意味が分からず首を傾げる。

「俺が、魔法でお前の脚を撃った……ごめん」

正確には特殊技能のショートスタンだが、この際そんな細かい事はどうでもよかった。

眉根を寄せて、じっとシリューを見つめるミリアム。

非難されても仕方がない。だが、どうしても黙っておく事はできなかった。

「……どうして？　どうして話したんですか？」

「え？」

今度はシリューが首を傾げる番だった。どういう意味だろう、と。

「言わなかったら、私気付きませんでしたよ？」

「……そうかもしれないけど……あの時……」

続けようとしたシリューの口元に、ミリアムがそっと人差し指を添える。

「必要……だったんですよね？　子供たちを、探す為に」

唇を指で押さえられたまま、シリューはゆっくりと頷く。

怒るだろうと思っていたミリアムが、優しい笑みを浮かべている。

「なら、私に説明する必要はありません。シリューさんの思った通りにやっちゃってください。私の事なんか気にしなくていいんです。ねっ」

「ミリアム……」

簡単に言える事ではない。言い方は少し気になるが、ミリアムは相当な覚悟を持っているのだろう。

「……ただし、絶対に子供たちを見つけてあげてください」

ミリアムは、シリューの唇から指を離す。

「ああ、約束する」

「……もし、約束を破ったら、その時は、私……」

上目遣いに、きつくシリューを睨むミリアム。

「……私……？」

シリューはその意外な迫力に気圧され息をのむ。

「……泣きます」

冗談なのか本気なのか。

だが、シリューはツッコミも笑いもせず、ミリアムの鼻先を指でちょん、と優しく触れた。

「お前は泣かない……子供は俺が必ず見つけ出して助けるんだからな」

ミリアムの顔に、満開の花のような笑顔が弾けた。

「はいっ。知ってます。シリューさんはそう言ってくれると分かってました」

「お前、それ過大評価だろ」

不思議な娘だ……。

初めて会った時から、迷惑を掛けられっぱなしで、腹の立つ事ばかり。

その言動と天然な反応に、思わず首を絞《し》めたくなる衝動に駆られた事も多々あった。

……だが今は……。

シリューは自分の気持ちの変化に少し戸惑う。

好きかどうかは分からない。

ただ、泣き腫らした瞳を期待の色で輝かせ、健気にも微笑むこの少女の、これ以上泣き顔を見たくないと思う程には、おそらく嫌いではない。

「俺はこれから、残り二件の依頼主に会ってくる。何か共通点が見つかるかもしれないしな」

「私も行きますっ」

ミリアムはぴんと背筋を伸ばし、胸に手を当てた。

「いや、お前は帰れ……今日はもう休んだ方がいい」

「……でも……」

渋るミリアムの頭に、シリューはそっと手を置く。

「いいから、任せろ」

たったそれだけの言葉が、ミリアムの心に大きく響く。

たまに見せるシリューの、その涼しげな笑顔。

あ……今、これはズルい……。

ぶっきらぼうで口が悪くて、意地悪で……。

それでも、迷惑を掛けた以上、ちゃんとお詫びしないと……。

はじめはその程度だった筈。神官として、恥ずかしくないように、とか。

けれど、この少年の瞳の奥に煌《きら》めく、打算のない優しげな光。

〝……この人は、誰かの涙を止める為に、本当に一生懸命になれる人だ〟

少しずつ、季節が移り変わるように、ゆっくりと心を惹かれてゆく。

それは、悪い事でも、恥ずかしい事でもない。と、思える。

「分かりました、お任せします」

シリューの手から伝わってくる、心が安らぐような温もり。

〝これってやっぱり、シリューさんの特別な力？〟

ミリアムはふと、そう思った。

「あの、でも……」

ミリアムは今来た道をちらりと振り返った。

「分かってる、孤児院までちゃんと送ってやるよ……」

「……いつも、ごめんなさい……」

ミリアムは頬を染めて、恥ずかしそうに俯く。

「そこは、ありがとう。だろ？」

「はい、ありがとうございますっ」

すでに日は落ち、街は夕闇へと染まりはじめていた。

◇◇◇◇◇◇

「しばらくは、皆で泊まり込みです」

孤児院の門の前で、ミリアムは振り返った。

孤児院では、今回の事件で子供たちに不安が広がっており、ミリアムたち職員全員が大事をとって警戒に当たる事になったらしい。

「何か分かったら連絡する。くれぐれも勝手に動かないようにな」

「はい。……あのシリューさん……」

「ん？」

「私にできる事があったら言ってくださいっ。私っ、何でもしますからっ」

ミリアムはそう言って、拳を胸に当てた。

その表情と態度には、本当に何でもしそうな勢いが溢れていて、シリューは少しだけ怖くなった。

「ああ、その時は頼む。でも、何でも、じゃないぞ」

「はい。じゃあ、私はこれで」

ちょこん、と頭を下げて歩き去るミリアムの後ろ姿に向かい、シリューは迷いながらも解析を使った。

【解析を実行しますか？　ＹＥＳ／ＮＯ】

「ＹＥＳだ。ただしステータス表示は必要ない。登録だけしてくれ」

別に、服が透けて見えるとか、そういう訳ではなかったが、何となく覗き見をしているようで、今まで人に解析を使った事はなかった。

今回の捜索は、ミリアムと一緒に行動する事も増える。

探査目標として登録しておけば、ミリアムがたとえ道に迷ったとしても、簡単に見つけ出す事ができる。

「別に……覗きじゃないし……」

自分自身にそう言い聞かせながらも、ついついミリアムの黒い法衣《ほうえ》の中を想像してしまったのは、健全な男子高校生としては仕方のない事だろう。

【解析が終了しました。固有名ミリアム。人間。女性。この人物を探査目標として登録しますか？

ＹＥＳ／ＮＯ】

「ＹＥＳだ、とりあえず今は登録だけでいい」

それからシリューは、一人目の依頼主の家へ向かった。

住所はここからそう遠くなかった筈だ。

歩きながら依頼書を取り出し、詳細を確かめる。

『行方不明者：サリー　六歳　女』

『父　フリッツ、母　メリル』

宿の女将、ロランの知り合いの娘で、いなくなったのは三日前。

シリューはもう一枚の依頼書にも目を通す。

やはりこちらも、同じ日に行方不明になっている。

いなくなった時間は書かれていなかったが、シリューは同じ犯人、同じ手口だと予測していた。

根拠としては弱いが、ロランの言葉に出てきた、『ここ二年ほどそんな事件は無かった』がシリューの頭に引っかかっていた。

「ん？」

サリーの家の近くの路地で、向こうから歩いてくる女性と目が合った。

「あら、こんばんは。たしか……冒険者のシリューさん……でしたかしら？」

「あ、えっと……」

顔は覚えているのだが、名前が浮かんでこない。

シリューは人の名前を覚えるのが苦手だった。

「商人のクロエです。孤児院でお会いしましたね」

クロエはにっこり笑って会釈をした。

「あ、あの、この間はすいませんでした。何て言うか、その……」

「いいえ、どうかお気になさらずに。ぶしつけな質問をした私が悪いんですから」

そう言って首を振ったクロエの髪が揺れ、香水だろうか、微かな花の香りが漂う。

「クロエさん、仕事ですか？」

「ええ、お得意様に寄ってこれから帰るところです」

「気を付けてくださいね。人攫いが出没してるようですから」

クロエは一瞬きょとんとした後、口元に手を添えて笑った。

「シリューさん？　人攫いかどうかは分かりませんが、いなくなっているのは子供だけでしょう？　私のようなおばさんは……」

どう見ても二十代の半ば、おばさんという歳ではない。

「いえ、おばさんなんて……クロエさんみたいな美人さんは、用心しないと……」

「まあ、お上手ですね。でも……そういう事はミリアムさんに言ってあげないと……」

クロエは少し顔を逸らし、シリューに聞こえるか聞こえないか微妙な声で囁いた。

「え？　なんです？」

「いえ、なんでも。ところで、シリューさん？　武器をお持ちではないようですけど、シリューさんは武闘家さんなのですか？」

クロエは唐突《とうとつ》に話題を変えた。これ以上は踏み込むとこの間の二の舞になってしまいそうだと判断したのだ。

「いえ、そういうわけでは……。剣も使いますけど、基本魔法使いです」

シリューは街中では帯剣していない。

歩くのに結構邪魔になるし、街中で剣を使うような争いごとは禁止されている。

通常はガイアストレージに収納し、街の外へ出る時だけ装備していた。

「え？　魔法使い……ですか？　でも……そんな……本当に？」

クロエは驚いたように目を見開いている。

「あれ？　見えませんか？」

「ああ、ごめんなさいっ。もっとこう強そうに見えたのでっ。その、魔物を素手《すで》で屠っているようなイメージが目に浮かんで……」

確かに。

龍脈から復活してから、魔法と素手でしか闘っていない。

「まあ、間違ってはいませんけど……」

二人は何となく顔を見合わせて笑った。

「あら、お引止めしてすみません。何か途中だったのでは？」

「ええ、これから依頼人のところへ行くところだったんです」

シリューはこれから向かう方を指さした。

「そうですか、それでは私はこれで」

クロエが丁寧に腰を折り、お辞儀をする。その立ち振る舞いはさすが商人といった感じで堂に入っていた。

「気を付けて帰ってくださいね」

最後にこくりと頭を下げて、クロエはシリューと反対の方向へ歩いていった。

「さて……」

ここからはもう何軒か先の筈だ。

シリューはそれからすぐ、目的の家を見つけ、ドアをノックする。

窓から明かりが漏れてはいるが、中から人の声は聞こえてこない。

静かにドアが開き、痩せて背の高い男が憔悴《しょうすい》しきった顔を覗かせた。

「はい、誰ですか？」

シリューは依頼書を出して、男の目の前に広げて見せる。

「冒険者のシリューと言います。依頼を受けて来ました。少し確認したい事があって……」

冒険者と聞いて男の顔色がさっと変わる。

「おいメリル！　冒険者だっ。依頼を受けてくれたぞ!!」

「ほ、ホントなの？　ああっ」

男が中に向かって叫ぶと、女性の掠れた声が返ってきた。

「とにかく、中に入ってくれっ。ああ、本当にありがたい」

通されたのはこの家の食卓だった。

古く狭い所だが、埃《ほこり》一つ無く清潔に保たれている。

「あの……随分お若いんですね……」

メリルは不安そうな表情を浮かべた。

「メリルっ、失礼じゃないか！　せっかく依頼を受けてくれたんだぞ。はやくお茶くらい出しなさい」

この男がサリーの父親のフリッツだろう。

「いえ、お構いなく。それに奥さんの不安も分かります、確かに俺は若造ですから」

シリューは二人の顔を交互に見て、いつものように涼し気な笑みを浮かべた。

「でも、俺は討伐系より行方不明者の捜索が得意なんです。娘さんはきっと見つけます」

正確には行方不明猫だが、こういう時はハッタリも必要だ。

「ん？」

部屋を見渡したシリューは、ある事に気付いた。

微かな花の香……。

「あの、クロエさん、ここに来ました？」

「ええ、ついさっき。彼女と知り合いなんですか？」

答えたのはメリルだった。

「まあ、顔見知りって程度ですけど。クロエさんはなんでここに？」

「行商の人なんですけど、石鹸とか薬草とか、お店で買うより安く譲ってくれるんです。それに……」

メリルはそこで言葉に詰まり、フリッツが後を続ける。

「色々と娘の……サリーの事を気にかけてくれて……サリーがいなくなってからも、時間作っては探し回ってくれて……」

「娘におやつの差し入れを持ってきてくれたり、随分可愛がってくれて……自分はご主人と娘さんを亡くされたって……」

メリルは瞳に溢れた涙を指で拭った。

「ええ、孤児院で聞きました」

おそらくクロエは、亡くした自分の子供と重ねているのだろう。

「……それで、確認したい事というのは……？」

誤解を受けないようにどう説明するか……。

「俺には、獣人よりも遥かに優れた嗅覚と、臭気をたどる事ができる能力があります。何でもいい、お子さんが直接身に着けた物、使った物を見せてください」

下手をすると変態ロリコンと受けとられかねない。

だが、幸い正確に意図が伝わったようだ。

メリルとフリッツは、少し待っててくれ、と言うと、奥の部屋に行き、サリーの肌着や枕、お気に入りのおもちゃをありったけ持って戻ってきた。

【匂いと魔力を検知しました。人間と特定します。年齢を五～八歳、性別を女、魔力三十二～三十九と推定します。この人間をサリーと設定しますか？　YES／NO】

シリューは早速サリーの持ち物を解析した。

「YESだ……」

ダドリー、ハンナに続いて、この子も同じくらい魔力が高い。

ただの偶然か、それとも……。

「三日前にいなくなったという事でしたけど、何時くらいか分かりますか？」

「いえ、それが……朝子供たちの部屋へ行ったら、あの子だけ……いなくて……ううっ」

メリルはその時の事を思い出したのだろう、言葉を詰まらせ声を押し殺して泣いた。

「すいません……。サリーちゃんの他にもお子さんが？」

「はい。姉で八歳のポーラと二人姉妹です」

メリルの肩を抱き、フリッツが答えた。

シリューはすかさず探査を掛ける。

奥の部屋に一人、確かに子供がいる。

この距離なら、解析の有効範囲だ。

「……なるほど……同じ部屋で寝ていたポーラちゃんは無事だったんですね」

解析の結果ポーラの魔力は八。ごく平均的なものだった。

「因みに、この近くでもう一人行方不明の子がいるんですが、ご存知ですか？」

「ええ、ケインでしょう。父親のバーツとは付き合いも長いんでよく知ってます。……クロエさんが、知り合いの商人仲間に頼んで、二人の情報を集めてくれているんですが……」

フリッツは目を伏せ首を振った。

つまり何の情報も得られていないという事だろう。

商人たちの情報網をもってしても、何も引っかかってこないという事は、素人のシリューではかなり厳しい捜索になりそうだ。

だが、共通点も見えてきた。

その為にも、もう一人の被害者、ケインを調べる必要がある。

「ありがとうございました。ぶしつけな質問をしてすいませんでした」

シリューは椅子から立ち上がった。

「俺はこれで失礼します」

「お、お願いしますっ！　どうか、どうか娘を！　サリーを助けてください!!」

フリッツはシリューの目も気にせず、大粒の涙をぽろぽろと零し懇願した。

年下の、人生経験も遥かに及ばないであろうシリューを相手に。

入口のドアノブに手をかけ、シリューはそっと振り返った。

子供を親から引き離す輩は容赦しない。

たとえ地の果てまでも追い詰めて、その報いを受けさせる。

子供が売られているなら、買った相手が誰であろうと叩き伏せて取り戻す。

「ええ。お子さんは俺がきっと見つけます。待っていてください」

シリューはそう微笑んで、フリッツの家をあとにした。

◇◇◇◇◇◇

「どうやら、例のガキが嗅ぎ回ってるようだよ」

裏路地の奥。

明かりが漏れないよう、しっかりと雨戸の閉じられた家の一室で、金髪でやせ型の、いかにも人のよさそうな男が言った。

「例のガキ？」

「ほら、猫のお尻を追い掛けてるガキよ」

髭面でがっしりとした体躯の問いに、女が答える。

「始末するか？」

髭面の男はグラスの酒をあおり、ニヤリと笑った。

「待ちなよ、今は不味い。幾らルーキーだからって、妙な死に方をすればギルドも黙ってないだろ？」

「ならどうする？　いずれ足がつくかもしれねえぞ」

二人のやり取りを聞いて、女がぽつりと呟く。

「そろそろ、仕上げに掛かりましょうか……」

「……そうだね……ここに来てもう半年だ。そろそろ冒険者の真似事も飽きてきたよ」

金髪の男が肩を竦め両手を挙げた。

「あら、あんたは冒険者でしょう」

女が笑った。

「表向きはね……」

「無駄話はいい。で、いつにする？」

髭の男は、少し苛ついた表情を浮かべた。

「……早い方がいいわ。そうね。明日、朝のうちに終わらせましょう。そしてこの街からさよならよ」

女がひらひらと手を振り、二人の男が頷く。

薄暗い部屋に、オイルランプの明かりが揺らめいた。

◇◇◇◇◇

その夜。

シリューは一人、宿の部屋で今日知り得た情報を整理していた。

勿論、探査アクティブモードによって、ダドリーたちの消えたあの店を、常に監視しているのは言うまでもない。

ただし、真夜中を過ぎた今の時間まで、店に誰かが立ち寄る様子はなかった。

考えられるのは、あの店は複数あるアジトの一つで、既に放棄されている可能性だ。

だが、仮にそうだとしても、はっきりと痕跡の残るただ一つの証拠である事に変わりはない。

僅かな望みであっても、今はそれに縋り監視を続ける必要がある。

「推定魔力三十八～四十五……」

フリッツの家をあとにしたその足で、シリューはもう一人の行方不明者、ケインの家を訪ねた。

ケインは五歳の男の子で、三人兄弟の末っ子。サリーと同じく、子供部屋で兄弟と寝ていて一人だけいなくなってしまった。

そして、予想通り高い魔力を持っていた。

ここまでくれれば、もう単なる偶然ではあり得ない。

誰かが、何らかの目的をもって魔力の高い子供を誘拐している。

ただし、分かっているのはそれだけ。

二人とも、時間が経過しすぎていた為、チェイサーモードでの追跡はできなかった。

「……問題は……」

シリューは空になったティーカップに、ポットから紅茶を注いだ。

これが珈琲《コーヒー》だったらな、と思ったが、今はそんな事を気にしている場合ではない。

羽ペンを手に、一つ一つ分かった事、解かねばならない事を書き連ねてゆく。

誘拐の手口は四人とも同じ。夜中に自分から起き出し、外へ出ている。だが、何故そんな行動をとったのか、或いはとらせたのか、どちらにせよその方法は不明。

子供たちは全員高い魔力の保有者だった。そして犯人は何らかの方法でそれを判別し、魔力の高い子だけを選び連れ去った。

犯人は複数で、その手際の良さから素人ではない。

「……大した事は分かってないんだよなぁ……」

シリューは預かってきた子供たちの持ち物に目を向ける。

肌着に枕のカバー、玩具にハンナの食べたお菓子の残り。

「ってか、お菓子の残りなんか持ってくる必要あったかなぁ……」

解析にかけてみたが、使われているのは小麦粉、砂糖にバターと、香りづけのためかハーブの一種アシュセングが少量。

アシュセングはリラックス効果のあるハーブということだったが、シリューにクッキーのレシピなど分かる筈もなく、また大して役に立つ情報でもない気がした。

「明日レノさんにでも聞いてみるか……うっ」

そこで急に片頭痛に似た痛みと、車酔いのような症状が襲ってきて気分が悪くなった。

並列思考によって、考え事と探査を長時間行ったのが原因のようだ。

「やば、吐き気がしてきた……」

シリューはベッドに横になる。

犯人たちの動向を掴む為、探査を中止する訳にはいかない。

「とりあえず、明日いろいろ確認しよう……」

考えるのを止め、目を閉じて並列思考を切り、シリューは店の監視にだけ集中した。

◇◇◇◇◇

「じゃあ、行ってきます」

ミリアムは、玄関先《げんかんさき》で掃除をしているハリエットに声を掛けた。

孤児院専任のハリエットやオスヴィンと違い、ミリアムは神殿勤務との兼任であるため、毎朝神殿へと赴き、上司に報告する義務があった。

それは勿論、ミリアムが極秘の任務を帯びているためだが、そのことをオスヴィンたちは知らない。

「行ってらっしゃい、気を付けてね」

ハリエットは手を休め念を押すように言った。

「はいっ」

昨日一日、ずっと涙を浮かべ不安げな表情だったミリアムが、今はいつもの明るい笑顔で元気に答え、トコトコと駆けていった。

「あらまあ。よっぽど嬉しかったのねぇ……」

ミリアムの背中を見送り、ハリエットは笑顔で呟いた。

できるだけ早く報告を済ませシリューと合流しようと、ミリアムは神殿までの道を、スカートを翻《ひるが》しながら駆け抜ける。

幾つか目の路地を曲がったその時だった。

「神官さんっ」

一人の男がミリアムを呼び止めた。

「ああ、丁度良かったっ。カミさんがっ、カミさんがっ……」

男は酷く狼狽《うろた》えた様子で路地の奥を指さす。

「落ち着いてっ。どうしたんですか？」

「カミさんが……馬車から落ちて、動かないんだっ。神官さん頼む、助けてくれっ」

男の指さす方を見ると、陰になった路地の奥に馬車が止めてあり、その傍らに、確かに女性が横たわっていた。

落ちた時に頭でも打ったのだろうか、女性はぴくりとも動かない。

「分かりました、すぐ治癒魔法を掛けますっ」

ミリアムは倒れた女性に駆け寄り、その肩にそっと手を置く。

頭を打って意識を失っているとすれば、一刻の猶予《ゆうよ》もない。

「生命の輝きよ、かの……」

ぱしゃん。

気を失っている筈の女が不意に振り向き、小瓶に入った液体をミリアムの胸にかけた。

「え？」

全身が痺れて、急激に手足の感覚が失われてゆく。

「な……に……」

口を上手く閉じられず、声を出すこともままならない。

「どお？　ハンタースパイダーの毒を使った、痺《しび》れ薬よ。よく効くでしょう？」

立ち上がった女を見上げ、ミリアムは目を見開く。

「あらあら、赤ん坊みたいに涎《よだれ》まで垂らしちゃって。みっともないわねぇ」

「……あ、な……た、は……？」

「安心して？　死にはしないから。ただ少しの間眠ってもらうだけよ……」

ミリアムは苦しむような素振りでポケットに手を忍ばせる。

「ま、さ……か……かはっ」

そして、倒れ込む瞬間、女と後ろの男との死角になるよう、最後の気力を振り絞り、小さく丸めたハンカチを投げた。

後は……きっと、あの人が……。

そして、意識を失った。

◇◇◇◇◇◇

結局、朝まで監視を続けたにも拘らず、あの店を誰かが訪れる事はついになかった。

やはり、既に放棄された後という可能性が高い。

「ちょっと揺さぶりをかけてみるか……」

シリューは冒険者ギルドのスイングドアを抜け、受付カウンターにレノの姿を探す。

「おはようございます、シリューさん。今日はお一人ですか？」

レノは昨日と同じ笑顔でそう言ったが、シリューには何の事か分からなかった。

「えっと……どういう事でしょう？」

ミリアムの事を言っているのだろうか。

「あれ？　昨日の彼女とパーティーを組むんじゃなかったんですか？」

「パーティー？」

シリューはガイドラインに記載されていた項目を思い浮かべた。

三名以上で創設できるクランの他に、一つのクエストに対して、臨時に組織されるのがパーティーだったと記憶している。

現代の言葉に言い換えれば、クランは登録された一つの会社組織で、パーティーは個人同士、またはクラン同士が一時的に協力関係を築く、ジョイントベンチャー、もしくはコンソーシアムのようなものだろうか。

ただ、シリューは疑問に思った。

ミリアムは冒険者ではない。

「あの娘は……神官ですよ？」

「はい。黒の法衣でしたから勇神官《モンク》、ですよね。でしたら冒険者とパーティーを組むのは珍しくありませんよ？　なかにはクランに所属される方もいらっしゃいます」

パーティーは登録制ではなく、届出だけで審査などはない為、簡単に手続きができるが、本人の認証が必要となる。

「そのうち考えます。それより、支部長に会いたいんですけど……」

レノの表情から一瞬笑顔が消える。

「今回のクエストの件ですか？」

シリューは無言で頷く。

「分かりました。少し待ってください。支部長に確認をとってきますので……」

そう言ってレノは立ち上がり、奥のドアへ入っていった。

「……考えてみれば……アポなしってまずかったかな……」

相手はこのギルドの責任者だ。そうそう下っ端の冒険者に会うものだろうか。

ただ、人となりはよく分からないにしても、融通の利きそうな男だとは思う。

いくらも時間をかけず、レノは入っていったドアから出てきた。

「シリューさん、こちらへどうぞ」

「え？　あ、はい」

余りの対応の早さに、シリューは本当に了承を取ったのかと訝しんだ。

レノに続いて三階へ上がり、支部長室のドアをノックする。

「ああ、入ってくれ」

中からワイアットの声がして、レノが空けたドアを抜ける。

「どうしたルーキー？　ああ、レノ。お茶を……」

「いえ、時間が惜しいんでこのままで」

応接用のソファーに移動しようとしたワイアットを、シリューは手で制した。

「そんなに急ぎか……。何があった？」

「誘拐犯のアジトを見つけました。ただ、既に放棄された可能性が高くて、昨夜から出入りがありません」

「……アジトだって？」

シリューは軽く頷いて続けた。

「誘拐された子供は、四人共同じ手口で連れ去られています。それと、四人全員が魔法使いになれるくらいの魔力をもっていました」

ワイアットとレノが顔を見合わせて息を呑む。

「……ちょっと待った……お前さんがクエストを受けたのは、昨日の夕方だったと聞いたが？」

通常、一介の駆け出し冒険者の動向など、支部の責任者たる支部長がいちいち把握しているものではないが、シリューに関してワイアットは、逐一《ちくいち》報告するようレノに指示していた。

ナディアの紹介状や、買い取った素材の事もあるが、一番の理由は面白そうだから、だった。

そして今回、どうやらワイアットの思惑《おもわく》通り、何か起こしてくれそうな気配が漂っている。

「そうですね、昨日の夕方です」

質問の意図がよく分からず、シリューはただそう答えた。

「なあ、どうやってそれだけの情報を仕入れたんだ？　まだどれほどの時間もたってないぞ……」

確かに、言われてみれば何の物的証拠もない状況で、捜索開始早々犯人のアジトの一つを見つけるなど、普通考えられない事だろう。

「秘密です」

シリューはきっぱりと言った。能力について今のところ説明するつもりはなかった。

「……そ、そうか……。いや、まあそうだな。情報源は普通明かせないからな……」

「それでお願いなんですが、そのアジトを官憲に頼んで派手に捜索してほしいんです」

ワイアットは眉根を寄せ首を傾げた。

「既に放棄されたアジトを、か？」

「放棄された可能性のある、です」

言外《げんがい》の意味を匂わすシリューの言葉に、ワイアットは何かあると感づいた。

「……まあ、何か証拠でも出てくるかもしれないが……それ以外に、狙いがあるな？」

シリューは、思ったよりも察しのよい反応に口角を上げた。

「はい。犯人たちに揺さぶりを掛けようと思います……官憲の手が自分たちの足元におよんでると知れば、ヤツらも何かしら動く筈ですから」

ワイアットはニヤリと笑った。

「面白いじゃないか……分かったそっちは任せとけ。今日中に何とかする」

「ありがとうございます。じゃあ俺はこれで」

部屋から早々に立ち去ろうとするシリューを、ワイアットが呼び止める。

「ああ、ちょっと待った。……レノ悪いがちょっと外してくれ」

レノはお辞儀をして部屋から出ていった。

「……どうしたんですか？」

レノの姿を見送っていたシリューが、ワイアットに向き直る。

「ああ、これは極秘事項なんだが……」

ワイアットはテーブルの上のヒュミドールから葉巻を取り出し、吸い口をシガーカッターでフラットカットする。

その葉巻を、どうだ？　とシリューに向けたが、シリューは首を振った。

「……二か月前、この街の神殿から聖神官《プリースト》が一人、失踪した。ギルドは極秘に神殿から捜索依頼を受けたんだが……恥ずかしい話全く何の情報も掴めてない」

「それが……今回の誘拐と関係がある、と？」

「分からん。分からんが、お前さんの言った、魔力が高いってのが気になる。……いなくなった神官も相当に魔力が高かったそうだ……」

シリューは天井を仰ぎ、そして納得したように何度も頷いた。

「でも何で俺に？　極秘でしょ？」

レノを退出させた事から、一部の関係者にしか知らされていないのが分かる。

「……お前さんなら、何か掴んでくれるかもってな。まあ、俺の独り言と思って、聞かなかった事にしてくれるとありがたい」

シリューは笑って大きく頷いた。

「ありがとうございます。じゃあ頼んだ件宜しくお願いします」

「ああ」

支部長室を出て一階へ戻ると、レノがカウンターでにこやかにお辞儀をした。

「そう言えば、レノさん。子供のお菓子にアシュセングを入れるのって、普通なんですか？」

リラックス効果のあるアシュセング自体は珍しい物ではない。レノは頬に指を添え少し考える。

「……そうですね、一般的ではないんですけど……癇癪《かんしゃく》持ちの子供を落ち着かせる時なんか、食べさせるといいって聞きますね」

「そうですか……」

「あ、でも、あんまり食べさせ過ぎると良くないです」

レノは思い出したように言った。

「食べ過ぎるとどうなるんです？」

「集中力が無くなってボーっとしたり、ふらふら歩き回ったり」

まるで、冬に流行する病気の治療薬のようだ。

「……それに、これは人族の方はあまり知らないんですけど……暗示に掛かりやすくなったりしますね」

「……暗示……？」

シリューの頭の中で何かが閃いた。

「そうか！　ありがとうございます」

「え？　シリューさん？」

シリューは急ぎ冒険者ギルドを出て、街を走る。

もう、間違いない。

犯人は、子供に暗示を掛けて誘い出した。

その為のアシュセングだ。

ならば、どうやって魔力の高い子供を見出したのか。

「……あの時……」

シリューは昨日の出来事を思い返した。

〝冒険者のシリューさん〟

クロエは確かにそう言った。

だが、以前会った時、ミリアムはシリューの名前は口にしたが、冒険者とは言っていない。

それに……。

「魔法使いに見えない？　強そうに見えた？　……はっ、すっかり騙されてたっ」

そう、強そうに見えた訳ではない。クロエには、シリューの魔力が見えなかったのだ。

つまり、魔力を認識できる能力を持った、ごく少数の一人だった訳だ。

そしてシリューは、ある事を確認する為、商人ギルドへ駆け込む。

そこで知りたかった情報は一つ。クロエがこの街にやってきた時期。

それは半年前。

やはり、この街の住民ではなかった。街から街へと移動を繰り返す行商人。

だが、それは表向きのカバーで、正体はおそらく……。

「逃がさないぞっ！　クロエ!!」

商人ギルドによると、クロエは今朝早く、転出の届を提出してきたそうだ。

後手に回っている感は否めないが、先ずは、ミリアムと合流した方がいいだろう。

そこで、シリューはもう一つの事に思い至った。

「……まさか……」

失踪した神官。魔力の高い子供。そして……。

「……天才的な……」

シリューは登録したミリアムの魔力を確認する。

〝固有名　ミリアム〟
称号　勇神官《モンク》
年齢　18歳
魔力　１４２
魔力量　７６０
スキル　魔力検知
魔法：聖、水、空間
属性攻撃：水
蹴術、槌術
身体能力補正
アビリティ：魔力、覇力

やはり、破格の魔力だ。

「まさか……まさかっ！　奴らの狙いはっ」

探査の結果、セクレタリーインターフェイスの答えが無情に響く。

【登録された対象、ミリアムを検知できません】


「くそっ、もう一度っ、もう一度だ！」

アクティブモードに切り替え、三百六十度くまなく探した。

だが何度やっても結果は変わらなかった。

つまり、ミリアムは既にこの街から連れ去られた後だという事だ。

「いや……何かの用事で街から出たのかも……」

縋る思いで、シリューは孤児院へ向かった。

いつもは開いている孤児院の門が、今日は内から門《かんぬき》が掛けられ、施錠《せじょう》されていた。

「こんにちは！　ハリエットさん！　オスヴィンさん！　シリューですっ。ここを開けて!!」

声を聞きつけたハリエットが、建物の中から出てきた。

「こんにちは、シリューさん。どうしたんですか？　そんなに慌てて」

ハリエットは門のカギを開けながら、特に普段と変わることのない調子で尋ねる。

「ミリアムはっ、ミリアムはどこに行ったか分かりますか！」

「ミリアムなら、今神殿にいる筈ですよ？」

ハリエットの答えは、シリューの僅かな希望を打ち砕くものだった。

シリューは拳を握り、顔を歪《ゆが》めて俯く。

「くそっ……もう少し早く気付いていれば……」

「シリューさん……ミリアムが、どうかしたんですか？」

尋常ではないシリューの様子に、ハリエットも眉根を寄せる。

「誘拐、されました……奴らの狙いは……ミリアムだったんです」

ハリエットは目を見開き、両手を口に当てて大きく息を吞んだ。

「……そ、そんな……」

「そうだ、ミリアムの持ち物っ……置いてないですかっ？　何でも、いいんですっ、使った物とか……服、とか」

勢いで口にしてしまったが、服は余計だったかもしれない。

だが、ハリエットの反応は悪いものではなかった。

「そうか、匂いで追い掛けるんですね。……ああ、でも、昨夜は交代でソファーで仮眠をとったから、枕もシーツも使ってないし……。下着の替えは自分で持ってるだろうし……」

シリューの能力を、ミリアムと一緒に見た事のあるハリエットは、ごく自然にあれこれと指を折りながら挙げてゆく。

「あっ、そう言えばっ」

何やら閃いたように顔を上げたハリエットは、そのまま建物の中に駆け込んでいった。

何でもいい、とは言ったものの、さすがに下着は勘弁してほしい。と、シリューは思った。

さすがにそれはもう、完璧に……。

「シリューさんっ、これっ」

幸いにして、ハリエットが手にしていたのは、遠目からでも分かる普通のタオルだった。

「……ミリアムが、今朝使ったものです。まだ洗濯前だから……これで、いいですか？」

シリューは、少し濡れた白いタオルを受け取った。

「はい、大丈夫です。これなら……」

だが、手に持ったタオルを鼻先に近づけようとして、一瞬シリューの手が止まる。

猫や子供の物は平気だったのに、ミリアムの顔がちらちらと浮かんでしまったのだ。

「ダイジョウブ……コレハタダノ、タオル……」

照れている場合ではない。

【匂いと魔力を検知しました。登録済のミリアムのデータと統合します。チェイサーモードの対象に設定しました】

【チェイサーモード起動します。設定された対象の臭気、魔力痕を視覚化します】

紫のラインが表示される。

「むら……何で……いや、そんな場合じゃないっ」

そう、つっこんでいる場合でもない。

「シリューさん？」

ハリエットが訝し気にシリューの顔を覗き込む。

「あ、いえ、何でもありませんっ。じゃあ俺はミリアムを追いかけます」

タオルを渡し、走り去ろうとするシリューにハリエットが声を掛ける。

「子供たちを、ミリアムをお願いしますっ。シリューさん！」

「はいっ。絶対みんな連れて戻ります!!」

シリューは紫のラインを追って街を駆ける。

ラインが辿っているのは神殿への道。ミリアムには珍しく、迷わずにまっすぐ進んでいる。

幾つか角を曲がったその先で、ラインは日の当たらない路地の奥に続いていた。

迷ったにしても、明らかに不自然だ。


【設定された魔力痕に乱れがあります】


「乱れ？」

セクレタリーインターフェイスの指摘通り、その路地の先から、ラインは薄くなったり濃くなったりを繰り返していた。

「魔力が乱れるって、どういう事だ？」

嫌な考えが頭を過る。

【魔力及び体力を封じるアイテムの使用を確認しました】

「魔力と体力を封じる……」

シリューはほっと胸を撫でおろす。とりあえず、命に関わるような暴力を受けたりしたわけではなさそうだ。

更に、視界の隅に赤い矢印が点滅表示される。

【対象の所持品を発見しました】

微かに残る馬車らしき二本の車輪《しゃりん》の跡。その丁度内側に小さく畳んだハンカチが落ちていた。

おそらく犯人から死角になり、見落としたのだろう。

ここでミリアムが襲われたのはほぼ間違いない。

「ご主人さま？　変な波動を感じるの……」

ポケットから飛び出したヒスイが、首を傾げながら指さす。

【ハンタースパイダーの毒を含む薬品を検知しました】

「そうか……」

ミリアムの魔力と体力それにあの足技。並みの冒険者では、数人がかりでも取り押さえるのは難しい筈だ。

だが、ハンタースパイダーの毒の効果は、即効性の麻痺《まひ》。シリューも一度経験があり、その効果は身をもって知っている。

人のいいミリアムの事だ。騙されてここに誘い込まれ、不意に毒をかけられ動けなくなったところで、魔力と体力封じのアイテムを使われた。そして、そのまま馬車で運ばれたのだろう。

「……あいつ、動けなくなる前に、最後の力を振り絞って……これを」

シリューは花の刺繍の入ったハンカチをぐっと握りしめた。

性格は残念だとしても、ミリアムは相当な美少女なうえあの胸とスタイルだ。

命を奪われる事はないだろうが、彼女の……。

「待ってろ……絶対助けてやるから……」

今度は絶対後手に回る訳にはいかない。

幸い紫のラインは、乱れてはいるもののしっかりと続いている。

行先はおそらく……。

「ヒスイ、行くよ」

「はい、です」

ヒスイがしっかりとポケットに収まったのを確認し、シリューはラインの続く街の外へと抜けていった。

◇◇◇◇◇◇

ガタゴトと荒れた道を進む幌馬車《ほろばしゃ》。

両手を縛られ、ロープで繋がれたミリアムは、その荷台に無造作に転がされていた。

二重床の下に押し込められていた時より幾らかはましだが、馬車が揺れる度に床に叩きつけられ、身体中が痛い。

まだ毒が抜けきっていないのだろう、身体を起こす事ができない。

ミリアムは朦朧《もうろう》とする意識の中で、目の前に座るよく見知った女をねめつける。

「……クロエさ、んッ……あなた、が……」

舌が痺れていて、上手く言葉が出ない。

「今頃気付いた？　ホントに間抜けね」

クロエは蔑むようにケラケラと笑った。

「生命、の輝き……よ、我が傷を、癒した……まえ……ヒールっ」

魔力が抜けてゆく感覚はあるが、魔法が発動しない事にミリアムは驚愕の表情を浮かべる。

「残念、魔法は使えないわよ？　それに、自慢の体力もついでに封じてるから、今のあんたは単なる普通の小娘ね」

クロエは自分の首元を指でつつく。

縛られた手で、ミリアムは首にはめられた首輪を触った。

「ああ、無理に外そうとすれば、魔力が暴走して爆発するから気を付けた方がいいわ」

そう言ってクロエは、ミリアムを荷台に残し御者台へ移動する。

「そうそう、垂らすのは涎だけにしてね？　下は、掃除が面倒だから」

たっぷりと嫌味をこめた捨て台詞で、御者台と荷台を仕切るカーテンを閉めた。

ミリアムは、幌の隙間から外を窺う。

鬱蒼と生い茂る木々。どうやらエラールの森を進んでいるようだ。

どのくらい気を失っていたのだろう……。

森をどのくらい進んだのだろう。

「……ハンカチ、気付いてくれたかな……」

また迷惑をかけてしまった。

「シリューさん、怒ってるかな……それとも……心配してくれてるかなぁ」

徐々に意識がすっきりしてゆく。身体も少しは動かせそうだ。

「ハンカチに残った匂いだけで……こんな所まで辿れるのかな……」

何か痕跡を残さないと。ミリアムは半身を起こし考えを巡らせる。

靴は……ダメだ。いざという時、素足では走る事もままならない。

ストッキングは……。恐らくクロエには気付かれてしまうだろう。

あとは……。

ミリアムはそっと御者台の様子を窺う。

薄いカーテンの向こう、クロエももう一人の男もこちらを見てはいない。

両手を硬く縛られたうえロープで繋がれ、魔力も体力も封じられているのだ。逃げだせるわけがないと思っているのだろう。

だが、今ここで逃げだせなくても構わない。

ミリアムは幌の隙間から、小さく丸めたそれを、素早く投げだした。

◇◇◇◇◇

レグノスの東門を抜け、ミリアムを示す紫のラインは、北へと続く整備された街道を逸れて、草原の中へと延びていた。

そのまま進めば、その先はエラールの森だ。

「思った通り……か」

ラインを追って街道を逸れ草原地帯に足を踏み入れた時だった。

後ろから一台の馬車が近づいてきた。

「やあ、シリュー」

御者台《ぎょしゃだい》の男が、人の好さそうな笑顔で右手を挙げた。

「あなたは……たしか……」

「カミロだよ、一度会ったろ？　実は支部長のワイアットさんに頼まれてね、君のサポートをしてくれってさ」

「……俺の？」

カミロは自分の乗っている馬車を指さす。

「子供たちを助けるにしても、街まで歩かせるのかい？」

シリューは笑って頷いた。確かに、森から街まで、小さな子供たちを歩かせるのは酷だろう。

「そうですね、ありがとうございます」

「じゃ、乗ってくれ。どこに進めばいいか、目途《めど》はついてるんだろ？」

「ええ、このまま真っすぐ森に向かってください」

シリューが御者台の隣に座ると同時に、カミロは手綱をふるい馬車を出発させた。

「君は、猫探しが得意って聞いたけど、人探しも得意なのかい？」

馬車がエラール街道の北側に入ってしばらく進み、カミロが好奇心に満ちた表情で尋ねた。

「まあ、猫も人も方法はそんなに変わりませんね……」

「ふーん、そんなものかね……」

迷わずに馬車を誘導するシリューが余程《よほど》不思議なのだろう、カミロは大きな溜息をついた。

その時、石にでも乗り上げたのか、馬車が大きく揺れ軋むような音が響いた。

「やっちまったっ、すまないっ」

カミロは即座に馬車を停め、御者台から降りた。

「悪いが、左を見てくれないか？　車軸がいかれたかもしれない……」

右の車輪を確認しながら、カミロが言った。

「分かりました」

シリューも馬車を降りて、左の車輪を覗き込む。

馬車の構造を見るのは初めてだが、工業高校で自動車科だったシリューにとって、馬車の車軸や車輪はごく単純なものに感じた。

「……特に、異常はないみたいですね……」

「どれ？　ああ確かに……」

右の点検を終えたカミロがシリューの背後に立つ。

そして。

「異常はこれからさ」

ぱしゃん。

シリューの頭に、小瓶《こびん》に入った液体をかけた。

「なに、を……」

シリューはその場に膝をつき、苦しそうに振り向いた。

「ハンタースパイダーの毒だよ、どうだい良く効くだろ？」

カミロはへらへらと、薄笑いを浮かべる。

「……おま、え、仲間、だったの、か……」

「ははは、あんまり人を信用しない事だね。俺の役目はお前を始末する事さ……嫌な役だろ？」

カミロは悪びれもせず、肩を竦め両手を挙げた。

「く、そ……」

「まあ、始末してくれるのは、こいつらだけどさ」

そう言ってカミロが口笛を吹いた。

合図を待っていたように、三頭のフォレスウルフが茂みから飛び出してくる。

「さ、やっちゃってくれ」

そう言って背を向けると、カミロは馬車から離れた。

「ま、骨ぐらいは残るかもね」

大きな唸り声をあげ、フォレストウルフたちが蹲ったシリューに一斉に襲い掛かる。

ものの数秒も掛からないだろう。カミロはそう思っていた。

実際ほんの数秒で何の物音もしなくなった。

だが。

「跡形ぐらいは残したけど、これで良かったか？」

聞こえてきたのは聞こえる筈のない声。

「な、に……」

カミロは慌てて振り向く。

そこには、全くの無傷で涼し気に微笑むシリューの姿があった。

足元に、最早《もはや》原型をとどめない、元はフォレストウルフであったと思われる、血まみれの肉片。

「いったい……どうやって。何で動けるんだ」

カミロは驚愕の表情を浮かべる。

「勘違いするなよ。質問するのはお前じゃない……俺だ」

シリューの瞳が鋭く光る。

耐性のあるシリューに、ハンタースパイダーの毒など水と変わらない。相手の手の内を見る為、演技してみせただけだ。それにシリューは、ワイアットに今日子供たちを助けに行くなど一言も言っていない。

はじめからこの男の事など信用してはいなかったのだ。

無論、わざわざそれを話してやる気はないが。

「くっ、調子にのるなあっ、このガキィ！」

カミロが剣を抜いて上段から切りかかる。

だが圧倒的に遅い。

シリューはいともたやすく剣の刃先を二本の指で挟み、何事も無かったように止めた。

「ぐっ、くそっ」

カミロがどんなに力を籠《こ》めようと、剣は全く動かない。

「……そっくりそのまま返すよ。調子に乗るな……お前のターンは終わりだ」

シリューは怒っていた。

そのまま、カミロの腹に掌底突きを放ち吹き飛ばす。

「がはっ」

だが、殺さないように手加減する冷静さも失ってはいなかった。

這いつくばり、胃の中身をぶちまけるカミロ。シリューは近づき、さらに顔を蹴り上げた。

「答えろ、仲間は何人だ？　森の何処に隠れてる？」

「仲間ぁ？　何のことだ？」

シリューは不敵に笑うカミロの髪を掴み引き起こす。

「とぼけても無駄だよ。お前たちが誘拐犯、いや、野盗団の仲間だってのは、分かってるんだよ」

シリューはカミロの顔面を殴る。

「ぐばっ」

商人ギルドで確認を取った時にピンときた。

クロエがやってきたのが半年前、そしてエラールの森に野盗団が現れたのも半年前。

誘拐の手際や性質から少人数の犯行ではあり得ない。街に数か所のアジトを置き、本拠地はエラールの森の何処か。街に滞在する者が誘拐と情報収集を担当し、森に潜む仲間に渡す。

冒険者ギルドや官憲の情報もこの男が流していたのだろう。いくら捜索隊を出しても上手く行かない筈だ。

官憲の目を森に向けさせ手薄になった街で誘拐を行う。どちらが本業なのか分からない。いや、どちらも本業なのだろう。

そして今、森の奥へと続く、ミリアムを示す紫のライン。

ここまでくれば間違いない、以前逃がした野盗団だ。

勿論、ラインを追えばいずれアジトに辿り着くだろう。だが、その前に少しでも有益な情報は欲しい。

「もう一度聞くぞ、仲間の数は？　アジトの場所は？」

シリューはもう一発顔面に拳を入れる。

カミロの口から血に交じり、折れた歯が零れ落ちた。

「へへ、いくらやっても無駄だね……俺は、痛みを殆ど感じないんだ」

生まれながらの痛覚麻痺。解析の結果表示された状態異常。

「……なるほど……」

どうするか、あれこれ思案しはじめると、ヒスイがポケットから飛び出しシリューの顔の前に現れた。

「ご主人様、このニンゲンに話をさせたいの、です？」

言葉は分からなかった筈だが、状況から察したのだろう。

「そうだね、できれば少しでも情報が欲しい」

「じゃあ、私に任せて、なの」

そう言ってヒスイは、カミロの顔の前に飛んだ。

「な、なんだこれっ、ピクシー……か？」

羽ばたく度に、その透明な羽から光る粒子《りゅうし》が振りまかれヒスイを包んでゆく。

それはまるでおとぎ話の挿絵のように、幻想的で心を奪われるような光景だった。

だが、これは。

「これって……」

ヒスイの顔にはいつもの無垢《むく》な表情はなく、魅惑《みわく》的な微笑みが浮かんでいる。

ピクシーの持つスキル、幻惑。

幻影を見せたり、人の心を操ったりと、かなり危険なスキルだ。

「あは、はは……僕はいい子だよ……母さん」

カミロの目は既に焦点が合っていない。

「ご主人様、今なの」

シリューはその光景に戸惑いながらも、必要な質問を投げかけた。

「仲間は何人だ？」

「……なかまぁ……僕を入れて……残りは二十五人だよ」

この男はここでアウト、つまり残り二十四人だ。

「何処に隠れてる？」

「街道の北の……丘陵《きゅうりょう》地帯の、大きな洞窟《どうくつ》……」

「使役してる魔物の種類と数を言え」

「ははは……フォレ、スト……ウルフ、と、ブルートベアが、百……ひ、ひっ、ひ……僕は、ぼっ、く、は……」

カミロは全身を痙攣《けいれん》させ、鼻血を流す。明らかに様子がおかしい。

「ご主人様。これ以上はこのニンゲンが壊れてしまうの」

どうやらいくら幻惑を使っても、短時間で強制的に従わせようと無理をかけると、脳に甚大《じんだい》なダメージが残るらしい。

「ヒスイ、もういいよ。ありがとう」

「はいなの、です」

ヒスイの羽から振りまかれる、光の粒子が消えた。

「かあさん、かあさん……」

カミロは恍惚《こうこつ》の表情を浮かべ、うわ言のように同じ言葉を繰り返している。

「ねえヒスイ、こいつはいつまでこんな調子なのかな？」

ヒスイは頬に指を添え、ちょこんと首を傾げる。

「……明日までは、こんな感じなの、です」

それからシリューは、カミロの装備と服を剥ぎロープで縛り木に吊るした。

「まあ、お前がどうなろうと知った事じゃないけど、帰りにまだ生きてたら回収してやるよ」

運が良ければ冒険者が通るかもしれない、悪ければ魔物の餌食《えじき》だが、どっちにしろこの男に情けをかける気にはなれない。

『この男、誘拐犯』

シリューは馬車の床板を剥がして簡単な看板を作り、吊るしたカミロの下に立てた。

「上手く逃げろよ」

そして馬車から馬を放し、森の外へ走らせる。

馬車を扱えないし、馬にも乗れないシリューにはそうするしか方法が無かった。

「ヒスイ、行くよ」

多少時間をくったが、それなりの情報は得られた。

「今度は、逃がさないぞ……」

シリューは再び、紫のラインを追って歩き出す。

「かあさん、はやくかえってきてね……ぎゃっ」

ブツブツとうるさいカミロを、ショートスタンで眠らせたのは言うまでもない。

◇◇◇◇◇◇

巨木に覆われた小高い山の裾に馬車は進む。

巧みに偽装された、馬車一台がギリギリ通れる道の奥にその洞窟の入り口があった。

馬車が停まると、御者台と荷台を隔てるカーテンが開き、クロエが顔を覗かせ、荷台に繋がれたミリアムへ声をかけた。

「さあ、終点よ。ここからあんたの第二の人生が始まるの、楽しみでしょう？」

荷台に男たちが乗り込み、ミリアムを繋いだロープをほどき、乱暴に立たせる。

クロエはその男たちに向かい顎をしゃくった。

「ほらよっ、さっさと降りなっ」

男に背中を突き飛ばされ、ミリアムは転げ落ちるように馬車から降ろされた。

よろけて倒れたところを、別の男に髪を掴まれ無理やり起こされる。

「のんびり寝てんじゃねえっ、立てっ」

まるで家畜のような扱いだったが、ミリアムは声が出そうになるのをぐっと堪えた。

この連中は、ミリアムが悲鳴を上げたり、痛みに苦悶《くもん》の表情を浮かべるのを見て楽しもうとしているのだろう。

それが分かっているから、ミリアムはあくまでも平静を装った。

「ちっ、可愛げのねぇ女だな」

男は吐き捨てるように言ったが、ミリアムにしてみれば、この男たちにどう思われようがどうでもいい事だ。こんな輩《やから》の欲求を満たしてやる謂《いわ》れはない。

だからできるだけ平然と、落ち着き払った態度と表情を崩さなかった。

「このっ」

そんなミリアムの態度が余程気に障《さわ》ったのか、男は髪を掴んだまま拳を振り上げた。

「そのくらいにしときなさい。大事な商品を壊したらお頭に殺されるわよ。その娘はガキたちより、うんと高く売れるんだから」

意外にも男を諫《いさ》めたのはクロエだったが、ミリアムはあえて反応を示さなかった。

「あ、ああ、そうだな」

男達は大人しくクロエに従い、ミリアムを洞窟の中へ連れて行く。入り口からしばらくは馬一頭が通れるほどの通路が続き、それを抜けると中は家が十数軒建てられる位の空間が広がる。

その空間の最奥の壁沿いに、自然の窪みを利用し木材や木箱で囲った区画が設けられていた。

「ダドリーっ、ハンナ！」

全員が同じように両手を縛られ、ロープで繋がれた四人の子供の中に、ミリアムはずっと探していた顔を見つけ、思わず叫んだ。

「おねえちゃんっ」

「ミリアムねえちゃん！」

名前を呼ばれて顔を上げたダドリーとハンナは、ミリアムの姿に一瞬笑顔を浮かべるが、すぐに不安な表情に戻る。

ミリアムの両手も同じように縛られていたからだ。

「おねえちゃんもつかまっちゃったの？」

ハンナは、目にいっぱい涙を溜めミリアムを見上げた。

「お姉ちゃんは捕まっちゃったけど、でももう大丈夫よ」

それは、子供たちを慰めるための気休めではなく、ミリアムの心からの言葉だった。

「おやおや、ここから逃げ出せると思ってるの？」

クロエが見下すような表情でミリアムを見た。

「え？　逃げませんよ？　普通に出ていくだけです。すぐにお迎えが来てくれますから」

ミリアムは、ごく当然とばかりにクロエに笑顔を向けた。

「あら、もしかして猫のお尻追いかけてる、あの情けない臆病者《おくびょうもの》のガキの事かしら？」

クロエは思い出したように薄笑いを浮かべる。

「あのガキなら、今頃魔物のエサだぜ」

クロエの横に立った髭面の男が、できれば俺がじっくり殺してやりたかったけどな、と笑った。

「あんたに使ったのと同じ毒で体を動かす事もできず、生きながら魔物に喰われるのよ。どんない顔で泣いたでしょうね？　是非とも見たかったわ、はははは……」

「あはははは……っ」

クロエに合わせて、ミリアムが声をたてて笑う。

「な、なに笑ってるのよ！」

「え？　だって、自分たちの置かれてる立場も分からないなんて、残念な人だなぁと思ってっ」

実際にシリューが闘っているところを見た事はない。ただ初対面の時、本気で繰り出した得意の蹴りを、シリューは悉く、そしていとも簡単に躱し片手で止めた。

それにグロムレパードを一人で二十頭も倒したと、事もなげに話していた。それが本当かどうかは今確かめる術はないが、大量の肉を持っていたのだ、嘘ではないだろう。

だが、ミリアムが信じたのはそんな事ではなかった。

『任せておけ』、シリューはミリアムの目を真っ直ぐに見つめてそう言った。

ミリアムは、その言葉を、その瞳を、信じたのだ。

「あなたたちは……もう、終わりです」

射抜くような眼光でクロエを睨むミリアム。

「面白いわね……」

クロエがミリアムの髪を掴み引き倒す。

「残念なのはあんたよ。いくら待ってもあのガキは来ないし、もしカミロから運よく逃げたとしても、ここまでは生きてたどり着けない。それが現実よ」

立ち上がろうとしたミリアムの顔を、クロエが蹴り上げる。

「あくっ」

両手を縛られたままのミリアムは、バランスを崩し、子供たちの前に転がる。

「ミリアムねえちゃん！」

「おねえちゃんっ、おねえちゃんっっだいじょうぶっ」

その姿を見た子供たちは、緊張の糸が切れたように大声で泣き始める。

「もうおうちにかえりたーいっ！」

「おとうさんとおかさんにあいたぁい!!」

「うえーん、おねえちゃーん」

「ちっ、うるせえ！　静かにしろ!!」

子供の一人を蹴りつけようとした髭面の男の脚を、ミリアムが身を挺《てい》して受け止める。

「くっ、このアマぁ」

「……子供に手をあげるのは、許しません。それに……私はともかく、子供を殴れば……あの人、怒りますよ？」

ミリアムは真っ直ぐに、静かに、そして毅然と立ち、男たちをねめつけた。

「ホント、気に入らないわね……」

クロエは表情を歪ませ、ミリアムを殴った。もう薄笑いも浮かべていない。

「あんたのっ、その目っ、髪、顔っ、まっすぐ生きてますって態度も、全部気に入らないのよ!!」

抵抗のできないミリアムを、クロエは何度も何度も殴り続ける。

「あっ、ぐっ、う……」

口の中が切れ、みるみる顔が腫れあがる。

「おい、待て。そのぐらいにしとけって」

髭面の男が慌てて取り押さえるが、クロエは興奮が収まらない様子だ。

「おいおい、えらく派手にやってるじゃねえか？」

背後から聞こえた声に、男たちが固まる。それはクロエも同じだった。

「ずいぶん酷くやられたなぁ、これじゃ美人が台無しだ……」

男は、横たわるミリアムを覗き込んでそう言うと、クロエを振り返ってにやりと笑った。

「なあクロエ、この娘が大事な商品だってのは分かってるよな？」

クロエは声も出せず何度も頷く。

「お前じゃあ、この娘の半分にもならねえんだぜ」

男は剣を抜きクロエの喉元《のどもと》に突き付けた。

「いっそ、生きたまま解体ショーでもやるか？　お前を主役にな。物好きな貴族が大枚はたくぜ」

「すみません、お頭……。調子に、乗りました……勘弁して、ください」

クロエはぶるぶると震え、今にも泣きだしそうな声を絞り出した。

「分かりゃあいい。多少楽しむ程度なら、俺は何も言わねえ。要は怪我させて弱らせなけりゃあいいんだ」

お頭と呼ばれた男、ランドルフは剣を納め、手下たちを一瞥《いちべつ》した。

「ザルツっ、後はお前に任せる。くれぐれもこれ以上怪我させるな。それ以外はまあ……」

ランドルフはミリアムを見下ろすと肩を竦めて踵をかえし、呼ばれてやってきたザルツに、すれ違いざま小さな声で呟く。

「俺はこんなガキに興味はねえが……」

ぽん、とザルツの肩を叩き、人と会ってくると言い残しランドルフは洞窟から出ていった。

「ミリアムねえちゃん、だいじょうぶ？」

ミリアムを壁に繋ぎ、クロエと男たちが離れていった後、ダドリーが乱れたミリアムの髪を手ですきながら、今にも泣き出しそうな顔で尋ねた。

「大丈夫、お姉ちゃんこう見えても結構、頑丈なんだから……」

とは言ってみたものの、顔中ズキズキと痛み、口の中は切れて血も止まっていない。首輪のせいで魔法が使えない為、傷も顔の腫れも治せない。ただ頑丈なのは本当で、何処も折れてはいなかった。

「えへへ……お姉ちゃん、酷い顔、でしょ……」

「そんなことないよ、かわいいし、きれいだよっ」

ダドリーは泣きながら、自分のハンカチでミリアムの鼻や口から流れる血を、そっとふき取った。

「ダドリーは、大きくなったらきっと、女の子にモテモテだね……」

そう言って微笑んだあと、ミリアムは俯いて誰にも聞こえない声で呟いた。

「……こんな顔……シリューさんに見られるのは恥ずかしいなぁ……」

◇◇◇◇◇◇

その頃、シリューはミリアムのラインを辿り、森の中を丘陵地帯を目指し走っていた。

魔道具によるものなのか、馬車の轍《わだち》の跡は巧《たくみ》に隠蔽《いんぺい》され、また時折ぐるぐると同じ所を巡り、別の方向へ誘導するように偽装されたりしていた。

アジトへの襲撃は明け方が理想だが、日が暮れるまでには辿り着きたかった。

【対象の所持品を発見しました】

点滅表示された赤い矢印の指す草むらに、小さく丸めた布らしき物が落ちていた。おそらく、ミリアムが隙をついて投げ落とした物だろう。

「あいつ……必死に痕跡を残そうとしたんだな……」

実は、一度探査目標に設定してしまえば、再度匂いや魔力痕を設定し直す必要は無い。ただ、ミリアムにはその事を話しそびれていた。

そう、話しそびれていたのだ。それは誰のせいでもない。

シリューは草むらからその布を拾い何気なく広げた。

「……あ……」

〝私にできる事があったら言ってください〟

確かにミリアムは言った。何でもします、とも。

拾う前に気付くべきだった。

「……必死なのは分かる、分かるけど……」

彼女はただ必死だったのだ。

拾わずに無視するべきだった、というのは、自分の立場を守る言い訳だろう。

子供たちを助けたいという気持ちが、彼女の羞恥心《しゅうちしん》を遥かに上回った、そういう事だろう。

シリューは広げたソレから視線を逸らす。

「……ミリアム……」

ソレは見覚えのある……紫の……。

「これをっ俺にどうしろとおおおおーーー‼」

パンツだった。

◇◇◇◇◇◇

森の中を全速に近いスピードで走りながら、シリューは真剣に悩んでいた。

「邪魔！」

目の前に飛び出してきたフォレストウルフを、土系魔法メタルバレットで瞬時に屠ってゆく。

【メタルバレットが早撃《クイックドロー》モードに変化します。メタルバレットを常時発動状態にし、視線を向け意識した瞬間に発射します】

丘陵地帯に入り野盗たちのアジトに近づくにつれ、特に魔物の襲撃の回数も増えてきた。衝撃波と轟音を生むマジックアローでは、敵に気付かれるおそれがあったが、その点メタルバレット早撃《クイックドロー》モードなら発射音もせず、静かにそして速やかに魔物を倒せる。その早業はまるで……。

「……ボブ・マンデンだな……」

ただし、当然ながらそれは悩みではない。

「正直に話すか……必要なかったって……」

しかしそれでは、余計に辱めるような気がする。ミリアムはシリューの能力を知っていて、敢えて恥を忍びコレを残したのだ。

よりによって紫パンツ《コレ》を。

だからといって『役にたった、ありがとう』は、どうだろう……。

「ありがとうって何だよっ。もお変態だろそれっっっ」

ただ、ちょっと興味はある。あれだけの美少女が、その覚悟をもって置いていったのだ。

シリューは立ち止まり、辺りをきょろきょろと見渡した。

誰もいない。

森の奥深くだから当然といえば当然だった。

「誰もみてないし……少しくらいなら……」

シリューは握り締めたままのソレを、じっと見つめる。そして……。

「ご主人様、どうしたの、です？」

「うわああっ」

見られていた。

ヒスイの事をすっかり忘れていた。

「な、何でもないんだ、うん。なんかありがとう」

ヒスイは理解できずに首を傾げたが、お陰で色んなものが崩壊してしまう前に、なんとか踏み留まる事ができた。

凄まじい破壊力……。

いっそのこと、見なかった、気付かなかったフリをして、その辺に捨てていくのはどうだろう。

「……誰か知らん奴に拾われたら……なんか嫌だな」

それはそれで複雑な気分になる。

それにミリアムの気持ちを無下《むげ》にして、捨てたり燃やしたりというのも何となく心苦しい。

毒や電撃の耐性はあっても、コレに対する耐性は持ち合わせていないシリューだった。

「うざい!!」

木の陰から襲ってきた三頭の魔物を早撃《クイックドロー》で撃ち落とす。もう魔物の種類さえ見ていない。

「だいたい、どうやって返すんだ……」

面と向かって？　洗って返す？

「あり得ないだろ、借りたハンカチじゃないんだぞ……ん？」

閃いた。

シリューはポケットにしまっておいた、ミリアムの白いハンカチを取り出した。

「そうだ、これで……」

そしてパンツを丁寧にたたみ、その白いハンカチで包んだ。

「あくまでもハンカチ、という流れに持っていって、さりげなく渡す。うん、名案だ」

その場しのぎで根本的な解決になっていない事に、シリューは気付いていなかった。

【前方十二時の方向に対象の洞窟。距離八百メートル。入り口付近外部に人間の反応二、内部は探査不能】

「見つけた……」

シリューは足を止め、辺り一面に細かく探査を掛ける。

多数の魔物の反応があるが、それが使役されているものなのか、その動きからはよく分からない。

地形的には、現在地は緩やかな斜面で高木が密集しているが、洞窟付近では若干の高低差があり、低木がまばらに点在する程度で、かなり見晴らしが良くなっているようだ。

つまり、攻めるこちらは身を隠す場所がなく、簡単に発見されてしまうという事だ。

シリューは一瞬、翔駆《しょうく》を使って空から確認しようとして思いとどまった。空に上がればこちらの姿を晒す事になり、見つかる可能性を捨てきれない。

「どこか、見通せる場所を探すか……」

幸い、その場所は思いのほか簡単に見つける事ができた。

洞窟の入り口のほぼ向い、約二キロメートルの小高い丘の中腹に立つ広葉樹の枝。

「入口っぽいのは見えるけど、遠すぎてよく分からないなぁ……」

【望遠《テレスコープ》モードに移行します】

「うおっ」

いきなり視界いっぱいに洞窟の入り口付近が大写しになり目の前に迫る。魔法の変化と違い、視覚の急な変化は相変わらず心臓に悪い。

だがこれなら、この距離からでもじっくり観察できる。

探査に反応があった通り、入口の傍に男が二人見張りに立っている。

更に視界を巡らせると、洞窟のある山の中腹部分にもう一つ小さな入り口が見え、そこにも一人見張りがいた。

【内部の探査には、入口付近まで近づく必要があります】

「やっぱり……見えててもこの距離じゃ無理か……」

見えた事で気が焦る。今すぐにでも突入したい衝動にかられるが、状況の分からないまま突入すれば、捕まっているミリアムや子供たちが危険に晒されてしまうおそれがある。

「中の状況が知りたいけど……あそこまで近づくのは……」

「ご主人様、ヒスイに任せてなの」

シリューの心中《しんちゅう》を察したヒスイが、ぴんと胸を張る。

「え？　あ、そうか、姿消しで……」

ヒスイはこくんと頷いて微笑む。

「悪いけど頼むよヒスイ。でも無理しないように、危ないと思ったらすぐ引き返すんだ。それから、どんな能力を持ったヤツがいるか分からない。ミリアムたちにもあんまり近づかないようにね」

連中は多様なアイテムを持っている。もしかすると姿消しを見破る物もあるかもしれない。

「大丈夫なの。中の様子を見て、ミリちゃんの無事を確認したら、すぐ戻るの、です」

「ああ、気を付けて」

「はい、です」

ヒスイは洞窟に向かって飛び、すうっと消えた。

見送った傍《そば》から、シリューは急に不安を覚えた。

「……大丈夫かな……」

考えてみれば初めて会った時、ヒスイはハンタースパイダーの腹の中から出てきたのだ。好奇心旺盛で臆病だが、何となく注意力が足りない気がしてならない。

結局は心配事が増えただけに思える。ただ他に選択肢はなかった訳だが、この状況で待つだけというのはどうにも落ち着かない。焦る気持ちがより大きくなってゆく。

子供たちは無事か、とか。

ミリアムは怪我していないか、とか。

ヒスイはちゃんと戻ってこられるか、とか。

ミリアム、今、履いてないのか、とか。ミリアム今履いてないのか、とか……。

ミリアム……。

「……って違うっ、いや、気になるけどっ。じゃなくてっ、何考えてんだこんな時にっ！」

余計焦る事になった。そして焦れば焦る程その事が頭を離れなかった。

◇◇◇◇◇◇

日が沈み、森は夕闇に包まれてゆく。

ヒスイは見張りに立つ二人の間を抜け、洞窟の入口へ飛び込む。当然、姿を消したヒスイに、男たちが気付く事はなかった。

入口の通路は比較的天井も高く、途中すれ違った男たちの頭上を余裕で通過できた。

通路を抜けた先の空間はヒスイから見れば、村がすっぽりと入るのではないかと思う程広く思えた。無論実際には、家が二十数軒建てられる程だがそれでも充分に広い。

洞窟のあちらこちらに松明《たいまつ》の炎が焚《た》かれ、岩の壁には何か所も魔道具のランプが灯り、中は意外なくらい明るかった。

日が暮れ、丁度食事時なのだろう、石で組まれたかまどに大きな鍋が掛けられ、肉と山菜らしきものがぐつぐつと煮立っている。

高い天井付近にもう一つ小さな入口があり、縄梯子がぶら下がっていた。飛んでくる時に見た、山の中腹にある入口のようだ。

人数は見張りが三人に、通路ですれ違った二人。それに中に十八人で合わせて二十三人。一人女がいるが、その顔には見覚えがあった。

入口を入った左の奥に、襲って奪った宝石や金貨に美術品が積み上げてある。中には大量の血が付着した物も見受けられた。

そして右側の奥に窪《くぼ》みを利用して木材と木箱で囲った区画があり、そこに目的の人たちを見つけた。手を縛られ岩の壁を背にして座るミリアムと、彼女の傍に寄り添う四人の子供たち。

何があるか分からないからあまり近づかないように、とシリューに言われていたのを思い出し、ヒスイはミリアムの傍に飛んで行こうとして思いとどまった。

「ミリちゃん……」

ミリアムは両手を頭上にあげた状態で、壁にロープで繋がれていた。目を閉じているが疲れて眠っているのだろう、胸がゆっくりと上下しているのが分かる。

少しだけ近づいて確認したミリアムの顔は酷く殴られたようで、痛々しく腫れ上がり痣《あざ》だらけで、乾いた血が所々にこびり付いていた。

「ミリちゃん、かわいそう、なの……」

ヒスイは悲しくなってミリアムをじっと見つめた。

まるでそれに気が付いたようにゆっくりと顔をあげ、ミリアムは首を傾げて中空に視線を泳がせる。姿消しを使っているため見えない筈だが、ヒスイはミリアムと目が合った気がした。

「ミリちゃん、もう暫くの辛抱なの。すぐご主人様が助けるの」

ヒスイは一気に羽ばたき、天井近くの入り口から外に飛び出した。

◇◇◇◇◇

「ご主人さまぁぁっ」

すっかり暗闇に染まった空に、光の残影《ざんえい》をなびかせてヒスイが戻ってきた。

「良かった、無事だったね」

ヒスイの姿を目にして、シリューはようやく胸を撫でおろした。

「で、どんな様子だった？　その、ミリアムは……」

できるだけ冷静に、と思っていたが、はやる気持ちを抑えきれなかった。

「言葉で説明は難しいの。ヒスイが見たものをご主人様にも見せるの、です」

「え？」

ヒスイの羽が虹色に輝く。幻惑の一種だろうか。

「目を閉じて、ご主人様」

言われた通りシリューが目を閉じると、ヒスイは右手をシリューの額にかざした。

「わっ」

ピクシーの持つ幻惑の能力の一つ、印象共有《イメージシェア》。

ヒスイの見たものを、映像として任意の他者と共有する。

まるで今自分が見ているかのように、洞窟の様子がシリューの瞼に映し出される。

高い天井、ぶら下がった縄梯子《なわはしご》。松明の炎に壁に掛かったランプの明かり。石組みのかまどに煮立った鍋。

ナディアを襲った見覚えのある男たちと、クロエの姿。

そして、ロープに繋がれ、ぐったりとした様子の……。

「み、ミリアム……」

シリューは言葉を詰まらせた。

少しだけ幼さの残る美しい顔は無残にも腫れ上がり、赤黒い痣がいくつも目につく。口元と鼻には乾いてこびり付いた血の痕。

ふと、顔を上げたミリアムと映像の中で目が合う。そして、ミリアムはこちらに気付いたようにそっと微笑んだ。いや、はっきりとは分からなかったが、微笑んだ気がした。

「ミリアム……」

腹の底から、今まで経験したことがない激しい怒りが込み上げてくる。どろりと淀んだ空気に喉が焼けるようで、感情を抑えきれない。

「皆殺しにしてやる……」

拳を強く握りしめシリューは唸るように呟く。

地の底から響くような声に、ヒスイが慌ててシリューの眼前に飛んだ。

「ご主人様っ、落ち着いてなの！　ご主人様とってても怖い顔なのっ。怒ってもいいけど、それはダメなの、ですっ!!」

ヒスイの必死な様子に、シリューははっと我に返る。

「……何だ、今の……」

怒りは収まらない。だが、さっきのような抑えきれないものではない。

まるで、別の何かが自分の中に生まれてくるような感覚。心がその何かに支配される錯覚。

「多分印象共有《イメージシェア》のせいなのっ、ヒスイのせいなのっ、ご主人様ごめんなさい！」

ヒスイは大粒の涙を零し、何度も頭を下げる。

「印象共有の……」

だが、それだけでは無い気がした。それは只のきっかけに過ぎないような……。

「ヒスイ、もう大丈夫落ち着いたよ、ありがとう」

シリューは笑顔を浮かべ、ヒスイの頭を指で優しく撫でた。両手で涙を拭いヒスイはこくこくと頷く。

「……冷静に考えてみれば、そうだな……」

奴らに闘って死ぬ栄誉など与えてやる必要はない。

もっと屈辱的に、もっと恥辱《ちじょく》的に、衆人環視《しゅうじんかんし》の元で惨めに処刑されるべきだ。

もしくは自由を奪い、犯罪奴隷として死ぬまで過酷な労働に従事させる。

それが奴らにはお似合いの末路だ。

「ヒスイ、少し早いけど、始末をつけよう」

ヒスイはいつものようにシリューのポケットに収まる。

「無事に助け出すよ、子供たちも……ミリアムも」

「はいっ、です！」

シリューは真っ暗な空へ、翔駆を使い駆けあがった。

◇◇◇◇◇◇

近づいてくる悪意に気付き、ミリアムはそっと顔を上げた。

「なあ、ホントにいいのかディエゴ」

三人並んだ右端の、金髪を短く刈り上げた男が、真ん中を歩く髭の男に言った。

ディエゴと呼ばれたのは、クロエやカミロと共にレグノスの街に潜み、誘拐を担当していた髭面のがっしりした体躯の男だ。

「ああ。お頭も怪我をさせるなと言っただけだ。適当に楽しむ分には構わねえってな。それにザルツさんの許しも貰ってる」

ディエゴが振り向くと、少し離れた位置を歩きながらザルツがにやりと笑った。

「けど、ザルツの兄貴は、いいんですかい？」

右側を歩く、茶色の髪を後ろで束ねた男は訝しげな表情で尋ねた。

「ああ、構わねえさ。俺は見て楽しませてもらう」

「見てるのが楽しいだなんて、おかしな趣味ね」

ザルツの隣でクロエが笑う。

「お前だってそうだろう？」

「私は、あの娘がぐちゃぐちゃにされるのを見たいのよ」

「相変わらずだな、お前も」

ザルツが呆れたように肩を竦めた。

……ああ、やっぱり……。

男たちとクロエの会話は、しっかりとミリアムの耳に入ってきた。

こうなる事は、捕まった時に予想はしていたし、覚悟もしていた。

「いつまでそんな澄ました顔でいられるかしら？」

ミリアムは動揺と心の不安を悟られないよう、できるだけ平静を装い落着き払った声でクロエに返した。

「……そんな事で、私は折れたりしませんよ」

ミリアムにはささやかな夢があった。

「そう？　何人目までもつかしらね？　ほらガキども、しっかり見ときなさい」

〝力なき人々や、親を亡くした子供たちのために、自分が生まれながらに授かった力を使おう〟

「おい、足を押さえろ……」

ディエゴが両脇の男たちに指示する。

「ああ、任せとけ」

〝そんな人たちがいつも笑顔でいられるように、全力で頑張ろう……〟

男たちはミリアムの足首を掴み、大きく左右に広げた。

「……っ」

声が漏れそうになるのを必死で抑える。

「あら、思ったよりもちそうにないけど？」

〝そしていつか、本当に愛した人と……〟

ミリアムの心に浮かんだ、一人の少年。

ぶっきらぼうで意地悪で、でも本当は優しくて。年下のくせに生意気で、だけどとてもかわいい男の子。

「動かねえようにしっかり押さえてろよ」

ディエゴが、無残なくらいに開かれたミリアムの両足の間にしゃがみ込む。

「ふっ……」

ミリアムは全身に力を籠めようとして歯を食いしばり、だが逆に弱弱しい息が零れてしまう。

穢されてしまった自分を、シリューはどんな目で見るのだろう。

それとも見てくれないのだろうか。

心臓が今にも飛び出しそうなほど早鐘を打ち、激しいめまいを感じるくらいに視覚と思考が混乱する。

「こいつは邪魔だよなあ」

ディエゴの手が、ミリアムのスカートの裾を掴みゆっくりとずらしてゆく。

「いっ……」

子供たちの見ている前で……。

ミリアムの中で、何かが弾けた。

「い……や、だ……」

押しとどめていた感情が、堰《せき》を切ってあふれ出す。

嫌だ。嫌だ。いやだ、いやだ、いやだいやだいやだいやだいやだいやだっ。

なぜこんな所で。なぜこんな男たちにっ。

「いやあああああ！　助けてっ!!　たすけてっっっ、シリューさんっ！！！」

ミリアムは激しく首をふり、大声で叫んだ。

それが、クロエの思惑通りだったとしても、もう取り繕う余裕はなかった。

「あははは、意外ともろかったわね。でも残念、幾ら呼んでもあのガキは……」

その時、一瞬世界から音が消える。

その場にいた全員がそう感じた。

刹那。

空気を震わせる轟音と共に、ミリアムを取り押さえていた男たちが吹き飛ぶ。

「は？」

クロエにも、ザルツにも、吹き飛ばされた男たちにも、そして、捕らわれた子供たちにも、何が起きたのか理解できなかった。

理解できていたのは、この場でたった一人。

涙で滲《にじ》んだミリアムの瞳に揺れて映る。それは……。

それは、ミリアムのささやかな夢を守る、圧倒的な力。

穢《けが》す事を決して許さない、絶対的な意志。

そしてそっと、限りなく優しい声で囁く。

「……遅くなってごめん。よく頑張ったな……」

「はい……はい、信じてました、きっと……きっと来てくれるって……」

ミリアムの心から、ありったけの気持ちが溢れる。

「シリュー……さん」

零れ落ちるミリアムの涙を指で拭い、シリューは涼し気な笑みでこたえる。

それからミリアムの縛めを解くと、やにわに立ち上がり、未だ茫然としている野盗たちに向き直る。

「さあ、覚悟はいいか？」

これから始まるのは……戦闘ではない。

◇◇◇◇◇◇

「お、お前は……」

絞り出すような声にシリューが顔を向ける。そこに立ち尽くしていたのは、見覚えのある男だった。

「ああ、ナディアさんたちを襲ってた奴……名前は……どうでもいいか」

ザルツは訝し気に辺りを見渡し、シリューの他に誰もいないのを確信してにやりと笑った。

「まさか、一人で乗り込んできやがったのか？」

「ああ。お前たちにとっては、最悪な知らせだろ？」

何の気負いもなく、シリューが答える。

「頭はよくねぇらしいな……ここには二十人以上元冒険者や、傭兵《ようへい》だったヤツらがいるんだぜ……」

「それが？」

ザルツは口笛を吹いた後、大声で号令をかけた。

「野郎ども！　敵だぜ！　構えろっっ!!」

ザルツの号令に、異変に気付いた野盗たちが、見張りも含めて全員集まってくる。

「ザルツさんっ、こいつは俺に殺らせてくれ！」

シリューの背後で、吹き飛ばされたディエゴが立ち上がり大剣を構えた。

「さっきは不意をつかれたが、今度はそうはいかねぇっ。死ね小僧！」

横薙ぎに振るうディエゴの大剣に向け、シリューは振り向きざまに双剣の一振を抜き放つ。

甲高い金属音と共に、半ばで折れた刃先が宙を舞う。

「な、に……」

ディエゴは折れた自分の剣を、愕然《がくぜん》とした表情で見つめる。

「何でお前だけ立ち上がれたか分かるか？」

ミリアムの脚を抑えていた二人は、胃の内容物をぶちまけて痙攣しながら気を失ったままだ。

シリューは答えを待つ事なく、左拳をディエゴの右頬に叩きこむ。

「ぶごっ」

左に吹き飛んだディエゴに一瞬で追い付き、今度は左頬に裏拳を放ち右へ飛ばす。

「べへっ」

そして次は右頬。殴る度に折れた歯がディエゴの口から飛び散る。

「ぐばっ」

決して殺さないように。力を加減しながら、右へ左へと何度も何度も交互に繰り返し殴り飛ばす。

ディエゴは既に気を失っていたが、シリューは構わず殴り続ける。

時間にすればほんの十数秒。ディエゴの前歯が全て無くなったのを見計らって、シリューはようやく手を止めた。

糸の切れた繰り人形のように、がくりと倒れ込むディエゴに向かい、シリューは、さっきの答えだ、と声を掛ける。

「……お前はな、じっくりと、徹底的にボロボロにしてやりたかったんだよ。……ああ、聞こえてないか」

たとえ未遂に終わったとしても、ミリアムを最初に穢そうとした奴だ。シリューは、殺してやりたい衝動をぐっと堪え、血の混じった泡を吹き、白目をむいたディエゴの顔にダメ押しの蹴りをいれた。

「何人いるって言ったっけ？」

シリューはザルツに向き直り、問いかけた。

「……何人いても関係ないけど、そいつらグロムレパードより強いんだろうな？」

「くっ……」

ザルツはシリューの鋭い眼光に気圧され、無意識に後ずさる。

「まさか、そこで伸びてる髭と同程度なら……蟻《あり》の群れと変わらないけど？」

「なめるな！　全員で一気にかかれ‼」

「うおおお！」

「くたばれぇ！」

「ぶっころぉす‼」

その場にいる、文字通り全員が、一斉に武器を振り上げシリューに襲い掛かってくる。

だがシリューは剣を鞘に納め、目を閉じて口角を上げた。

地面が弾け、一瞬でシリューの姿が消える。

「なにっ？」

シリューを見失った野盗たちは、たたらを踏んで視線を巡らせる。

次の瞬間。

凄まじい破裂音が響き、五人の男が洞窟の壁へと叩きつけられる。

「な、なんだっ、ぐえっ」

「ごっ」

「おごぉ」

間髪を置かず、三人が車に撥《は》ねられたように宙を舞う。

「くそ、何処だ、ぐべっ」

「ふざけん、がばっ」

更に四人が二転三転と地面を転がり動かなくなる。

ザルツの前にいた三人は、血を吹きながら回転して地面に落ちる。

「な……」

シリューの動きはザルツには全く見えなかった。

あの時、ナディアたちを襲った時と殆ど同じ光景が、ザルツの目の前で繰り広げられている。

違うのは、それが一度では終わらないという事だ。

なすすべもなく、次々と屠られて数を減らしてゆく野盗たち。

「シリュー……さん……」

驚愕の目で見ていたのは、ミリアムも同じだった。

強い事はある程度分かってはいたし想像していた。だが、桁が違い過ぎる。

これはもう戦闘と呼べるものではない。

シリューの言った通り、蟻の群れを踏みつぶすだけの、ただそれだけの行為だ。

「じ、冗談じゃねえっ、こんなの相手にできるかっ」

ザルツは反転し、仲間たちに目もくれず洞窟の入り口へ走った。

「ちょっと待ってよ、一人で逃げるつもり⁉」

クロエが驚いた顔で叫ぶ。

「悪いな、後は自分で何とかしな！」

だが、ザルツの決断はあまりに遅過ぎた。

ほんの一瞬クロエを振り返り、再び入口に向き直ったその僅かな間に、退路は完全に断たれていた。

「逃がす訳、ないだろ？」

他の全員を屠《ほふ》り、息を切らせることもなく、シリューがそこに立っていたのだ。

「こ、このバケモノがあああ」

ザルツはがむしゃらに剣を振り回し、シリューに斬りかかる。

「上等だよ」

シリューは剣を振るうザルツの腕を片手で止め、押し出すような掌底《しょうてい》突きを放つ。

「ぐあああっ」

勢いよく吹き飛んだザルツが、クロエの脇をボーリングのピンのように跳ねてゆく。

「ひっ」

薄っすらと笑みを浮かべ、鋭い眼光で睨みつけるシリューに、クロエは思わず悲鳴を上げた。

「後は、お前一人……ん？　二十三人？」

一人足りない。カミロの話では、残り二十四人だった筈だ。

「シリューさんっ後ろ！」

ミリアムの声が響き振り向いたシリューは、音もなく飛んできた黒塗りのナイフを手で掴んだ。

「おいおい、躱さずに掴んだか……」

「お頭っ！」

男に気付いたクロエが叫ぶ。

「へえ、お前がこいつらのリーダーか……」

シリューはさほど興味無さそうな気怠《けだる》い声で尋ねた。

「ああ。俺はランドルフ、これでも結構有名な冒険者だったんだぜ？」

この世界に疎《うと》いシリューは全く反応を示さなかったが、ミリアムは目を見開いて驚きの表情を浮かべた。

「シリューさん、気を付けてっ。その男、元Cランクの冒険者です!!」

「へぇぇ、そうなんだ。でもまあ、蟻の親玉だから、ちょっとデカいって程度だろ」

ミリアムの目は真剣そのものだったが、シリューは肩を竦めただけで気に留める様子もない。

「言ってくれるなあ。ま、こいつらを一人で始末する腕がありゃ、言いたくもなるか……」

ランドルフも、特に気にしている訳ではなさそうだった。

「……ところで、そのナイフな……触れただけでブルートベアでも殺せる毒が塗ってあったんだが……」

ランドルフは、シリューの顔を確認するように眺めて口角をあげた。

そろそろ毒が周り、顔が土気色《つちけ》になって苦しみ始める。ランドルフはそう思っていたし、当然そうなる筈だった。なにせシリューは毒の塗られたナイフの刃を、傷は無いとはいえモロに掴んでいるのだ。

【致死性毒をレジストしました】


いつもの通り、セクレタリーインターフェイスのガイドが表示される。

随分苦しかったし、息をするのもやっとだったが、なんとか表情に出さずにやり過ごした。

「期待してるとこ悪いんだけどさ、毒、塗り忘れたんじゃないか？」

シリューはナイフの刃をぺろっ、と舐める。

「にがっ……ああ、ちゃんと塗ってあるみたいだ」

そう言って、軽く手首を返す要領でシリューの投げたナイフは、空気を唸らせる速度でランドルフに迫った。

「くっ」

余りの速度に、一瞬対応の遅れたランドルフだったが、素早く剣を抜き放ちナイフを叩き落とす。

元Cランクというのも伊達ではないようだ。

「……毒が効かねえ、か……じゃあ、こいつらに相手してもらうか。クロエっ伏せてなっ」

ランドルフは首に下げたオレンジゴールドのオカリナに似た笛、モンストルムフラウトを吹き鳴らした。

ピュイイイイン。

甲高い音色が洞窟に響き渡る。

神話級のアーティファクト、モンストルムフラウト。意志をこめて吹き鳴らすだけで、D級以下の魔物を自在に操る事ができる。

〝目の前の黒髪の男を八つ裂きにしろ〟

ランドルフの意志を乗せた笛の音を受けて、洞窟の奥から、入口から、所々にある裂けめから、または穴から、次々と魔物たちが集まってくる。

主な構成はフォレストウルフとブルートベアだが、中にはハンタースパイダーやグロムレパードもちらほら見受けられる。

数はすでに百を超え、二百に迫ろうとしている。

「あいつ……数に弱いのか……意外とバカだったんだ……」

カミロの事だったが、幻惑を掛けられた中で嘘は言えなかった筈だ。

「し、シリューさん……どうしましょう……」

背に庇ったミリアムが、不安げに声を震わせた。

◇◇◇◇◇

ミリアムと子供たちを背に庇いながら、シリューは考えを巡らせる。

相手は二百を超える臨戦態勢の魔物の群れ。

時間は無い。

「そうだな……」

さっきからストライク・アイの赤いマーカーが変動を繰り返し、一定のターゲットを指定できない。これはシリュー自身に迷いと焦りがあるためだった。

余りに数が多すぎて、絞り込めないのだ。

「じっくり狙ってる暇はない……か」

【早撃《クイックドロー》モードが掃射《ガトリング》モードへ変化します。毎分六千発のメタルバレットを発射できます。射撃時間および弾数に制限はありません】

「ろくせんっ……」

最早F35。いや、射撃時間、弾数無制限とかF35も霞むぐらいだ。余りに不条理すぎておかしくなる。

だがおかげで落ち着く事ができた。

「ミリアム、伏せてろ」

ミリアムは子供たちを促し、身を寄せて小さく蹲る。

これで立っているのはランドルフとシリューだけだ。

「いけっ！　獣どもぉ!!」

ランドルフの叫び声を合図に、魔物たちが一斉にシリューに突撃する。

「こいよ」

シリューはストライク・アイとガトリングモードを、並列思考によって同時に展開する。

「くらええええ！！！」

ターゲットを捕捉したホーミングアローが、衝撃波を伴ってハンタースパイダーとグロムレパードを貫く。獲物が絶命した瞬間、ストライク・アイの赤いマーカーが新たなターゲットをロックし、次々とミサイルのような鏃《やじり》を撃ち出す。

無造作に何の作戦もなく向かってくるフォレストウルフとブルートベアの群れに、ガトリングモード毎分六千発の金属の弾丸が降り注ぎ、文字通り薙ぎ払い肉片に変えてゆく。

近づいてきた数頭を、更にフレアバレットで焼き焦がす。

「ど、同時詠唱？　三つも？　いえ、詠唱してないっ？」

ミリアムは目の前で展開される事態に、全くついていけず混乱する。

無詠唱の魔法など聞いたことがない。三系統の魔法を同時に発動するなど見た事もない。追尾して敵を屠るのはマジックアローだろうか。だが、マジックアローにしては威力が高すぎる。

さらに目を疑うのは、その魔力量だ。先程からまるで無尽蔵《むじんぞう》と言える量のメタルバレットを、常軌を逸した速度で撃ち続けている。

ミリアムでさえ、とうに魔力が枯渇し目を回して倒れているところだ。

伏せるのも忘れて、ミリアムはその光景に見入っていた。

撃ち漏らし襲ってきた何頭かを、シリューは魔法を維持したまま剣で切り伏せる。

同じ人間と思えない。

「……まさか……シリューさんって……」

見る間に魔物たちは数を減らし、代わりに大量の残骸と肉片が増えてゆく。

唐突に始まった戦闘は、始まった時と同じく唐突に終わりを告げる。

いや、戦闘ではなく、一方的な殲滅《せんめつ》だ。大量に発生した害虫に、殺虫剤を振りまき全滅させるのと変わりない。

シリューは返り血さえ浴びていない。

二百以上いた魔物の群れは、シリューに髪の毛程の傷も負わせる事ができないまま、最後の一頭まで全てただの素材と化した。

「お前……人間か……」

ランドルフが顔色を変えて呟く。

「……さあ？　自信がないな」

どちらかと言うと兵器っぽいのは確かだ。

「……まさか、たった一人相手にこいつを使う羽目になるとはな……」

ランドルフはモンストルムフラウトを、さっきよりも低い音域で鳴らした。

風が渦を巻き、砂塵が舞い上がる。

姿を現したのは、馬に似た漆黒の身体に燃えるような赤い目。額に長く尖った一本の角。

「ユニコーン……か？」

実際に見た事はないが、本に載っていた一角獣《ユニコーン》そっくりだ。ただ、ユニコーンは体色が白だった筈だが、今目の前にいるのは艶の無い闇色で、見るからに禍々しい雰囲気を漂わせている。

「こいつはモノケロース、グロムレパードより上のD級だ。凶暴な奴だからな、今度はお前が肉片になる番だぜ」

ランドルフは、いや肉も残らないか、と笑った。

「お前はまた見てるだけ、か？」

「ああ、俺は合理主義なんでな。ほら、お喋《しゃべ》りしてる暇は無いぜ」

モノケロースの赤い目が鈍く光った。

直後。

十数発のエレクトロキューションが、まるで滝のように降り注ぐ。

「いったたっ」

シリューは躱しもせず、腕を頭上で交差させすべて受けてみせた。

モノケロースが僅かに動揺したように見える。

「今度はこっちだ!!」

シリューの頭上に光が輝き、唸りを上げ二十のホーミングアローが放たれる。

モノケロースはその場から動かず、エレクトロキューションを壁のように巡らせ、全ての鏃を撃ち落とす。

間髪を置かず、角を向けシリューに突進するモノケロース。シリューは右手の剣で辛うじて角を躱すが、モノケロースの体当たりを浴び、洞窟の壁へ叩きつけられる。

常人なら五体バラバラになる程の衝撃だ。

モノケロースはそのまま止まらず、壁に張り付くシリューにその長い角を突き立てんと、疾風《しっぷう》の如く駆ける。

腹を貫かれる寸前《すんぜん》、シリューは大きく横に飛びこれを躱した。

振り向くと、モノケロースが半分程も埋まった角を、周りの岩を砕きながら引き抜いたところだった。

「やばい、あれはマジでやばい……」

再びモノケロースの目がひかり、首を振って大きく開けた口から、青白い炎が噴き出される。

「くっフレアバレットっ」

ラグビーボール大の白い炎が、モノケロースの炎を相殺《そうさい》する。

「ガトリング!!」

大量の弾丸がモノケロースを狙う。モノケロースは右へ左へ上へ、残影をなびかせるスピードで動き、的を絞らせない。

視線では追えても、魔法は若干遅れてしまう。モノケロースのスピードに対して、その遅れは致命的だった。

「魔法は厳しいか……でもそれはお前も同じだぞ……」

静かに対峙《たいじ》する一人と一頭。

先に動いたのはモノケロースだった。首をふり、角をまるで剣のように横薙ぎに振るう。シリューは一歩下がり躱す。すかさず繰り出される突きを剣で逸らし切り上げる。

モノケロースは右に首を振り、前脚を蹴り上げる。角に気を取られていたシリューは反応が遅れ顎に蹄を喰らう。

「くっお返しだ!!」

のけぞり身体を反転させ、左拳をモノケロースの右頬へ叩きこむ。

よろけたように見えたモノケロースは、くるりと向きを変え、後ろ脚でシリューを掬《すく》い上げるように、天井へと弾き飛ばした。

「ぐっ、やばっ」

落ちてくるシリューに向かい、素早く跳躍《ちょうやく》したモノケロースの角が迫る。

通常なら、自由の利かない空中で逃れる術《すべ》はない。だがシリューは翔駆を使い、軌道を変え、モノケロースの角を躱し、着地する。

「ガトリング!」

振り向きざまに掃射を掛ける。が、モノケロースは炎を吹き弾丸を一瞬で溶かしてゆく。

着地する前に、シリューは掃射を解除する。

モノケロースが着地した背後には、ミリアムたちがいたのだ。おそらく狙っての事だろう。

「なかなか、知能が高いな……」

決め手が無い。

それはモノケロースも感じているようだ。

前脚で地面を掻くような動作を見せる。

「イラついてるのか？　まるで馬だな……馬？　待てよ、そうか」

シリューはモノケロースから目を逸らさず、大きく間合いを取った。

モノケロースも、シリューの意図が分かったのか、反対の方向へ距離を取る。

まるで西部劇のガンマンのように、洞窟の端と端にわかれて向き合う。

次の一撃で決める。

今度は、先に動いたのはシリューだった。

シリューの動きに合わせて、モノケロースが全速のギャロップで迫る。

〝狙い通り！〟

一完歩、二完歩。そして、三完歩目。

右手前で走るモノケロースの、右脚が着地する瞬間、早撃《クイックドロー》でほぼ同時に三発を発射。一発は右の蹄に、一発は着地するその地面を抉る。

二発の弾丸は、モノケロースの蹄《ひづめ》に傷を付けた程度だったが、その着地点を僅かにずらした。ずれた先は、一発の弾丸によって抉られた場所で、着地した瞬間外側へ捻る形になった。

僅かなずれだったが、前脚一本に全体重の殆どが乗る瞬間を狙われたモノケロースは、大きくバランスを崩して倒れ、その速度のまま地面を転がる。

「はああっっっ！」

シリューはすかさず跳躍し、天井を蹴って身を翻し、流星のようにモノケロースに迫る。

モノケロースがそれに気づき、角を向けようと首を起こす。

が、僅かに早く、シリューの剣がモノケロースの頭を貫く。

勝負は一瞬で決した。

モノケロースは断末魔《だんまつま》の叫びさえあげず、頭を地面に縫《ぬ》い留められた形で息絶えた。

「気を付けてっ、シリューさんっ!!」

シリューが立ち上がった時、洞窟中にミリアムの声が響いた。

◇◇◇◇◇◇

シリューは振り向きざまに左の剣を抜き、迫る斬撃を切り払った。

「そうか……お前いたんだっけ……」

忘れていたわけではないが、全く意識していなかった。

「まさか、モノケロースを一人で倒すヤツがいるとはな……。けどな、俺は獣《けもの》みてえにはいかねえぞ……」

ランドルフはロングソードを正眼に構え、余裕の表情で笑う。

「ま、やってみればわかるさっ」

一瞬で間合いを詰め、シリューは右手に持った剣で斬りかかる。

ランドルフは僅かに構えをずらし、容易《たやす》く受け止める。

シリューは素早く右に回り込み、横薙ぎに振るう。一歩下がり躱したランドルフが、袈裟懸けに斬りつけるのを、シリューは頭上に掲げた剣で受け、身体を反転させながら、下から斬り上げる。

それを、剣のはらで受け流し、ランドルフがシリューの首を目掛け突きを放つ。

「くっ」

シリューは後ろに転がり辛うじて突きから逃れ、更に大きく跳躍し一旦間合いを取る。

スピードもパワーも、明らかにシリューの方が上だ。なのに全く攻撃が当たらない。

「スピードはたいしたモンだが……剣に関しちゃあど素人……それにお前、人を殺した事がねえな？」

質問とも独り言ともとれるランドルフの言葉だったが、シリューはあえて無言で返した。そもそも剣術スキルも無いうえに、剣を習ったのは数週間程度の素人もいいところだ。それに、ただの高校生が人を殺した経験などある筈がない。

だが確かに、魔物を相手にした時と違い、ランドルフに向けた剣を思い切り振り抜く事はできなかった。

悪党とはいえ、人を殺す行為を素直に受け入れられない。たとえそれが、この異世界において異質なものであったとしても。そして、甘い考えだとしても。

殺さなければ殺される、ならばそんな次元を突き抜けた強さを身に付ければいい。

それに……。

「お前たちをここで殺すつもりはないよ……。闘って死ぬ栄誉より、惨めったらしく処刑される方がお前らにはお似合いだからな」

シリューはランドルフに鋭い視線を向け、右手に持った剣を左の逆手に持ちかえる。利き腕の右を空け、剣は防御に専念するためだ。

「……言ってくれるな、できるモンならやってみな？」

ランドルフはニヤリと笑った後、脇にへたりこむクロエに何か目配せをした。

「じゃあ遠慮なく。ショートスタンっ」

あざといやり方だが、シリューはいきなり三発のショートスタンを撃った。予兆の殆どない麻痺放電《ショートスタン》を躱す事はほぼ不可能。三筋の放電がランドルフを直撃する。

「無駄だぜ？　モノケロースやグロムレパードを使ってるんだ、耐電撃系の装備は揃えてある。やるならさっきの炎か、おかしなマジックアローにしとけ」

ランドルフは剣を上段に構える。

「どっちにしろ無駄だがなっ。くらえ！　翔破刃《しょうはじん》！」

三日月状の斬撃が二つ、地面を抉りながらシリューに迫る。だが、その二つの三日月はシリューの前で交差し、大きく空中に舞い後ろへ逸れていった。

「ありゃ、外しちまった。まあいいこれでどうだ！　烈咲斬《れっさざん》！」

咲き乱れる風の刃が、シリューを切り裂かんと襲来する。

「もう一丁！」

更に数を増し、躱す隙間もない。

「お前こそ、無駄だよ。ホーミングアロー!!」

逸れる軌道のものは無視し、シリューに迫る風刃《ふうじん》をストライク・アイで捉え、悉く迎撃《げいげき》する。

「かかったな」

ランドルフの目が鋭く光る。

最初に放った二つの翔破刃《しょうはじん》が弧《こ》を描《えが》き、シリューの背後を襲う。外したのではなく、これがランドルフの狙いだったのだ。

「軌道《きどう》を曲げるのは、お前だけじゃねえんだよ」

が、斬撃がシリューの背中をとらえるかに見えた直前、二発のホーミングアローが飛来しこれを粉砕《ふんさい》した。

「言ったろ、無駄だって……。お前のターンは、終わりだ」

「ちっ、本物のバケモノかっ。クロエっ！」

ランドルフの合図を受けたクロエは、手にもった魔道具のスイッチを押した。

その瞬間、洞窟内の全ての明かりが消え、目の前に差し出した指さえ見えない程の暗闇に包まれる。

ランドルフは懐から暗視用の魔道具《ゴーグル》を取り出し素早く掛けると、音もなく、風のようなスピードでシリューに近づく。

暗視ゴーグルを通して見えるシリューは、気付く事なく突っ立ったまま動く気配もない。

〝もらった〟

ランドルフがシリューの心臓を狙い、剣を突き出した刹那。

ドォォォォン!!

衝撃音が洞窟中に響いた。

「お頭！　あははは、終わりよガキどもっ」

暗闇のなか近づいてくる足音に、ランドルフの勝利を確信したクロエが笑いながら立ち上がり、
魔道具のスイッチを押した。

洞窟に再び明かりが灯る。

「誰が終わりだって？」

だがそこにあったのはランドルフの姿ではなく、涼し気な笑みを浮かべた、シリューの姿だった。

「な、な……ぜ……」

クロエは目を見開いて声を絞り出す。

「俺も見えるんだよ、暗闇だろうとね」

あの瞬間。シリューは左手の剣でランドルフの突きを逸らし、右の拳を脇腹に叩きこんだ。

「お頭、は……」

シリューが指さした方に目を向けると、壁に叩きつけられ気を失ったランドルフが横たわっていた。

「ひっ」

「これで本当にお前だけだ……」

シリューは剣を鞘に納める。

「シリューにいちゃん！　こいつだよっ。こいつがっ、ミリアムねえちゃんをこんなに、こんなに……」

ダドリーが泣きながらクロエを指さす。

「……そうか……」

ぷちっ、と糸が切れるような音がシリューの耳に聞こえた気がした。

「ま、待って。私はお、脅されてっ、そうよっこいつらに脅されて仕方なく……」

シリューは最後まで聞かず、クロエの左頬を殴った。

「ぶほっ」

倒れたクロエの髪を掴み引き起こす。

「まって、ホントに……」

「そうか、気の毒にな、俺には関係無いけど」

そう言って今度はクロエの鼻を小突く。

「かぺっ」

鼻が折れ、涙と鼻血を垂れ流すクロエが、震えながらミリアムを指さす。

「まって、見逃してくれたら……その娘の首輪の解除方法を教える……でなきゃ、一生そのままよ……」

シリューは訝し気な表情でミリアムを見た。

ミリアムが腫れた目を伏せ、申し訳なさそうに小さく頷く。どうやらそういうアイテムのようだ。

「ミリアム、こっちに」

優しく、いたわるような声。

「あ、はい……」

シリューは右手をのばし、ミリアムの首筋にそっと触れた。

「あ、ん」

その手の温かさにミリアムは思わず声を漏らす。

そして数秒。

【解析を完了しました。封じの首輪の術式を解読しました。封印を解除しますか？　YES／NO】

「当然YESだ、二度と使えないようにしろ」

【封印を解除、不再用の処理を施します】

次の瞬間、ミリアムの力を封じていた首輪が甲高い音と共に、バラバラに弾けた。

「え？」

ミリアムは驚いた顔で自分の首に触れる。解除術も使わず封じの首輪を無効化するなど聞いた事もない。先程から驚かされてばかりで、気が遠くなりそうだった。

「な、なんで……」

驚いたのはミリアムだけではなかった。クロエの驚きはミリアム以上だろう。なにせ自分の進退が掛かっていたのだ。

「さ、これでお前の利用価値は無くなったな？」

シリューは冷たい微笑みを浮かべ、クロエの髪を掴んだまま裏拳を入れる。

「ぶがっ」

折れた前歯がクロエの口から落ちる。

「ああ、悪い。価値はあったわ。人の顔がどれだけ腫れるのか、実験台としてな」

振り上げた拳を、ミリアムの手がそっと包んだ。

「ミリアム……まだ……」

ミリアムはゆっくりと首を振った。

シリューは頷いて掴んだクロエの髪を放した。もう十分だ、という事なのか。自分を傷つけた相手にどこまでもお人好しの少女だ。と、シリューは思ったのだが。

ミリアムはよろけて後ずさったクロエにつかつかと歩み寄り。

「これは、怖い思いをした子供たちの分です」

立て続けに四発殴った。

あっけにとられるシリューをよそに、更に四発。

「これは、子供を攫われた親御さんの分」

クロエは血と折れた歯を吹きながら倒れて、シリューの目の前へ転がった。

ミリアムは蹲るクロエをはさみ、シリューの向いに立つ。一度目を閉じゆっくりと開く。

「そしてこれは……私からの、お礼ですっっっ」

クロエの腹を掬うように、高く頭上まで蹴り上げた。

どさり、と落ちたクロエは無様に口を開き、ぴくぴくと痙攣している。

「垂らすのは涎だけにしてくださいね。下は掃除が面倒ですから」

ミリアムは大きく息を吐き、ゆっくりと脚を下ろす。

「……あ……」

クロエは生きているが、シリューの心臓と呼吸は止まりそうだった。

なにせ、ミリアムはクロエに蹴りを放ったのだ。シリューの目の前で。

以前と同じ黒の法衣で。

以前と同じ、見事な蹴りを。

以前と一つだけ違うのは……今、そこに、無かったのだ……。ソレは今、シリューのポケットの中。

「あの……シリューさん？」

ミリアムは硬直したまま動かないシリューに首を傾げた。

「ナ、ナンデモ、ア・リ・マ・セ・ン……」

この事は、一生胸にしまって墓場まで持っていこう。

シリューはそう固く誓った。

◇◇◇◇◇◇

「……ミリアム、これで子供たちの縄を解いてやってくれ」

身体がぼおっと熱を帯びるのを感じ、まともにミリアムの顔を見る事ができず、シリューはナイフを渡しくるりと背を向ける。

「はい。あのシリューさん？」

何も知らないミリアムは、素っ気ないシリューの態度に首を捻った。

「ああ、俺はあいつに用がある」

壁際で倒れているランドルフを指さし、シリューは逃げるようにその場を離れた。

ランドルフ本人にさほど興味はなかったが、魔物を操る際に吹いたオレンジゴールドの笛には大いに興味があった。


【解析を実行します】

品名　モンストルムフラウト
制作者　不明
種別　神話級アーティファクト
材質　不明

効果　意志をこめて吹き鳴らすだけで、D級以下の魔物を自在に操る事ができる。任意の人物にその支配権を付与する事が可能。

「こんな物……どうやって手に入れたんだ……」

シリューはランドルフの首に掛けられていた、オカリナに似た笛の解析結果に溜息をついた。

この世界にはさまざまなアーティファクトが存在しているが、神話級はその最高峰にあたる。元Cランク冒険者とはいえ、ただの野盗が手にできるような物ではない。

「おい、起きろよ」

シリューは、壁にもたれて気を失っているランドルフの顔に、軽く蹴りを入れた。

「ぐっ……お、お前……」

「寝起きのところ悪いんだけど、お前、これを何処で手に入れた？」

ランドルフは自分の胸元から、モンストルムフラウトが消えている事に気付き、ニヤリと笑った。

「話すとでも思った……ぶっ」

さっきよりも少しだけ力を込めて、シリューはランドルフの顔を蹴り上げる。

「聞かれた事だけに答えろ」

だが、切れた唇から血を流しながらも、ランドルフは不敵な笑みを崩さなかった。

「無駄だな……死んでも話すかよ」

シリューは肩を竦める。

脅しや拷問で口を割るようには見えないし、また、そうでなければこれだけの規模の野盗団を仕切る事はできないだろう。

「まあ、そうだよな。でもこれならどうかな？　ヒスイっ」

「はい、任せてなの、です」

ポケットから飛び出し、ランドルフの顔の前で空中停止したヒスイの羽から、光の粒子が振りまかれる。

「なっ、ピクシーだと？　お前何者……」

「あんまり抵抗すると、廃人になるらしいから気をつけなよ。ま、どうでもいいけど」

ランドルフの目は瞳孔《どうこう》が開き、焦点も定まらなくなってゆく。

ヒスイが魅惑の笑みで振り向き、こくりと頷いた。

「じゃあ、答えてもらおうか。これを何処で手に入れた？」

「……し、知らねえ……う、ぐ……」

ランドルフは顔を歪めながらも、抵抗の意志を見せる。

「ご主人様、このニンゲンはとても抵抗力が強いの、です」

ヒスイが放つ粒子の光が、一段と輝きを増し明滅《めいめつ》を始める。

「ぐ、ぶっ……フード……白、い、フードの、お、男……貰っ、た」

「白いフードの男？　そいつに貰ったのか？」

シリューに一つの疑念が浮かぶ。これ程のアーティファクトを、その男は何の目的で野盗などに渡したのか。いや、その時はまだ冒険者だったのかもしれない。

「三年、前……好きに、つ、使え……と……ぶ、ぶぶ」

益々《ますます》その男の意図が分からない。

「ご主人様、そろそろ」

「ああ。もう一つ、お前たちが攫った神官はどうした？」

ランドルフの身体が震えはじめる。そろそろ限界が近い。

「売っ、た……」

「売った？　誰に？　その白いフードの男にか？」

「ぐ、ぶぶ、ぶ、そう……ぶ、が、がが……」

ランドルフは鼻血を流し、白目をむいて激しく痙攣する。

「ご主人様、もう限界なのっ」

「分かった、もういいよヒスイ」

ヒスイの周りから光の粒子が消え、どさりと横に崩れたランドルフは、意味不明のうわ言を繰り返している。

「なんか、うざいな……これで大人しくなるか」

シリューは二、三発蹴りを入れランドルフを気絶させてから、ミリアムと子供たちの所へ戻った。

「シリューにいちゃんっ、かっけー！」

「おにいちゃん！　すごいっ！　ゆうしゃさまみたいっ」

ダドリーとハンナが大喜びで、目をキラキラと輝かせる。

圧倒的な力で悪者たちを倒し、魔物の群れを一掃する。

そんなシリューの姿は、子供たちにしてみれば、おとぎ話の勇者のように映ったのだろう。

あとの二人も嬉しそうな顔でシリューを見つめている。

「サリーと、君はケイン？　二人とももう大丈夫、お家に帰れるからね」

「はい、ありがとうございますっ」

サリーは少し大人びた言葉でちょこんとお辞儀をし、それに倣ってケインも頭を下げた。

「シリューさん……」

立ち上がったミリアムが胸の前で手を組み、腫れあがった目を潤ませ何か言いたげにシリューを見つめた。だがさっきの光景が頭をちらつき、シリューはミリアムの顔をまともに見る事ができずに背を向ける。

いまだに頭がボーっとして身体が熱い。

「シリューさん、どうしたんですか？」

この状況で本当の事を言える訳がない。いや、どの状況でもだが。

「べ、別にっ……何考えてんだっ、こんな時にっ……」

後の呟きはミリアムには聞こえなかった。

それでもミリアムは自分が酷い状態であるにも拘らず、シリューを気遣い心配そうに眉をひそめた。

「あっ、もしかしてっ、怪我したんですかっ？」

自分の事より他人の為に一生懸命な、そんなミリアムの姿にシリューは自分が恥ずかしくなり、同時に身体の熱が冷め冷静さを取り戻した。

「俺は大丈夫。それより、お前……」

シリューは振り向いてミリアムの頬にそっと手を添えた。

「シリュー、さん」

頬に触れるシリューの手に、ミリアムは自分の手を重ねた。

静寂《せいじゃく》の中、見つめ合う二人。

「ああぁっ、やだっ私、こんな顔っ」

ミリアムは思い出したように声をあげ、慌ててシリューに背を向ける。

「み、見ないでくださいっ、恥ずかしいですぅ」

「え？　別に、怪我してたってお前が変わる訳じゃないし……気にする事ないだろ？」

シリューには、ミリアムの恥ずかしさの基準がいまいち把握できなかった。

「シリューさん、それは嬉しいですけどぉ……シリューさんは女心を分かってないですぅ」

「え、、どういう事……？」

まったく、ミリアムの言う通りだった。

「いちいち聞かないでくださいっ。治癒魔法を掛けますから……あの、向こうを向いてて……」

治癒魔法を掛けるのに、何故そんなに恥ずかしそうになるのか、益々意味が分からなかったが、シリューはミリアムの言葉に従って背を向ける。

囁くような詠唱の声が聞こえ、やわらかな光が輝くのを感じた。

「よかったぁ、ミリアムねえちゃんっ」

嬉しそうに叫んだのはダドリーだろう。子供には見られても平気なのか、とシリューは疑問に思ったが、あえて口にはしなかった。

「……もう、いいですよ……」

なんとなく違うシチュエーションを想像しながら、シリューの振り向いた先には、すっかり傷も癒え元通りの美少女に戻ったミリアムが、菜の花のような笑顔で立っていた。

「うん、なんかさっきの方が良かったかも？」

シリューはいたずらっぽく笑う。

「ど、どういう意味ですか……」

ミリアムの眉がピクリと震える。

「いやあ、なんかすっかりアホの子に戻ったなぁって……」

「あ、アホの子じゃないですっ、もうっ、何でそんないじわるなんですかっ」

そう口を尖らせながらも、ミリアムはぷっ、とふきだした。

「あははは……」

「ぷっ、なに、笑ってるんだよ……ははは」

シリューもつられて笑う。

「いえ、なんだか、可笑しくて……」

なんだかほんわかした雰囲気に、シリューはピンっときた。

〝今がチャンス！〟

「これ、落ちてたぞ」

シリューはあくまでもさりげなく、極力自然な流れに見えるよう、ハンカチに包んだアレを差し出した。

「あ、やっぱり見つけてくれたんですね。ありがとうござ……」

ミリアムもさりげなく受け取った。そこまではシリューの思惑通りだった。そのままポケットにしまってくれれば完璧だったのだ。

……が。

畳《たた》んだだけのハンカチにしては少しかさばっている事に、ミリアムは気付いた。

「……？」

そして事もあろうか、不用意にもハンカチを広げてしまった。

ハラリ、と舞い落ちる紫のソレ。

シリューの顔が青くなる。

ミリアムは目を見開いて固まる。

そして静寂。

「ふみゃぁぁぁぁ！！！」

ミリアムは間延びした叫び声をあげ、足元に落ちた紫のパンツを掴んだ。

◇◇◇◇◇◇

「シ、シリューさん……あの……」

ミリアムは自分のパンツを握りしめ、生まれたての小鹿のようにぷるぷると震えた。

当然後悔もある。何故すぐにポケットにしまわなかったのか、と。さりげなく渡してくれたのは、お互いが恥ずかしい思いをしないようにとの、シリューの気遣いだったのだ。なのに……。

「シリューさんっ、こっち」

ミリアムはシリューの腕をぎゅっと抱きしめ、子供たちに声が聞こえない距離へと引っ張っていく。

「あ、あの、ミリアム……それは……」

こうなったら本当の事を話そう、そう思い口を開いたシリューに対し、ミリアムは小刻みに首を振りそれを制した。

真っ赤な顔で、瞳を潤ませ、ミリアムが上目遣いにシリューを見つめる。

「だ、大丈夫、です。わ、私、ちゃんと……分かってますからっ」

実際のところ、あの時ミリアムは追ってきてくれるであろうシリューの為に、ひいては捕まった子供たちを助ける為、とにかく痕跡を残す事だけを最優先させた。

勿論、シリューの能力を理解したうえでの行動だったが、必死だったせいで、その事について深く考えていなかったのだ。

今になってよくよく考えてみれば、恥ずかしいどころの騒ぎではない。自分からどうぞ、と差し出したようなものだ。是非是非……と。

〝ふぇぇぇ、へんたいだぁ、恋人でもない男の子にっ……いや恋人でもどうかと思うけどっ〟

「あの、ミリアム……匂いはほら、ハリエットさんにタオルを借りて、それで設定したから、ソレは……」

「は、はいっ分かってますっ。シリューさんはっ、私が恥ずかしい思いをしないように、気を遣ってくれてるんですよねっ。分かってます、シリューさんホントは優しいからっ、だからっ……」

盛大な勘違いだった。最早ミリアムの中では、百パーセント匂いを嗅いだ事になっているようだ。

「いや、お前、なんか誤解して、ふがっ」

ミリアムは咄嗟にシリューの口を押えた。

「……落ち着いてシリューさん……シリューさんは必要だったんです、子供たちを助ける為に……」

ミリアムはシリューの口を押えたまま、俯いて目を閉じる。

「ふ、ふが、ふがっ」

〝お前が落ち着け！　そして、そして手を放せ!!〟

がっしりと肩を掴まれているせいで、シリューはミリアムの手から逃れる事ができない。もの凄い力だった。

「私も、必死だったんです……シリューさんに、気付いてもらう為に……だから、そのっ、私も、シリューさんもっ、決して変態とかじゃ……」

ミリアムはそっと目を開け、顔を上げる。

そして再び硬直する。

「ひ……」

シリューの口を押えていたその手に、しっかりとつかんだままのソレが……。

「みゃあぁぁぁぁぁぁ！　へんたいっっっ!!」

洞窟中にミリアムの叫び声と、ぱちん、と頬を叩く音が響いた。

真っ赤な顔で身を翻し、洞窟の入り口へと駆けてゆくミリアムを、シリューは無言のまま見送った。ここは追い掛けてはいけないシーンだという事は、シリューにも理解できた。

「……結局、こうなるのか……」

パンツを押し付けた方と、押し付けられた方と、どちらが変態になるのだろう。

「不可抗力《ふかこうりょく》だと思います、ミリアムさん……」

しかし、甘んじて受け入れるしかない気がした。肩を掴まれていたとはいえ、本気になれば振りほどけた。それに不可抗力だとしても、少し、ほんの少し、その……あの……。

一方入り口に向かい、誰もいない事を確認したミリアムは、手に持った紫のパンツに目をやり逡巡した後、意を決してそれを身につけた。もちろん生活魔法、洗浄をかけて。

マジックボックスにしまってあるのは、昨日一日使った物でそちらを身につける気にはなれなかった。

「た、叩いちゃった……シリューさんのせいじゃないのにっ」

状況としては、全面的にミリアムのとった行動のせいだ。

「へんたいって……それ、もう私の事ですぅ……」

気が付いたら自分のパンツをシリューの顔に、正確には鼻と口を塞ぐように押し付けていた。

完全に痴女《ちじょ》だ。

ミリアムは顔から火が出る程の恥ずかしさに、思わずシリューの頬を平手打ちしてしまった。

「シリューさん、怒ってるかなあ……怒ってるよね、せっかく助けに来てくれたのに……お礼も言ってないし……私、最低……」

後で、気持ちが落ち着いたら、ちゃんと謝ろう。そして、ちゃんとお礼を言おう。ミリアムはぎゅっと目を閉じて掌を胸に押し当てると、決心したように大きく頷きシリューのもとへ駆け戻る。

洞窟の三分の一を埋め尽くす程に散乱した、魔物の死体を片付けるシリューの背中に近づき、ミリアムはそっと手を伸ばした。

「シリューさん、あの、さっきは……」

謝ろうとして掛けた言葉がとぎれ、はっと息が止まる。

三分の一？

「……まってまって……さっきまでは三分の二以上……」

僅かな時間に半分の死体が消えている。いや、今も信じられないペースでそれは続いている。

三分の一だったものが、みるみるうちにその半分に。そして血の跡だけを残し、すべての死体がきれいに消えた。

「ま、こんなもんか……」

「なにこれ……、おかしいです……」

ミリアムはあまりに理不尽な光景に、謝る事もお礼を言う事も忘れて呆然と立ち尽くしていた。

「これって……マジックボックス……ですよね……」

「似てるけど、マジックボックスじゃない。ガイアストレージって言うんだ」

シリューは素直に本当の事を話した。今までは誰に対しても誤魔化してきたが、ミリアムには隠さない方がいい、と思ったのだ。

「は、初めて聞きました……一体どれだけ収納できるんですか……」

「どうかな、俺にも分からない」

実際二百体以上の魔物の死体を入れても、空き容量に変化があったようには見えない。まさか無限という訳ではないだろうが、確かめる方法もない。

ミリアムは口元に手を添え、大きな目を更に大きく見開いている。そこには、驚きとは別の、不安や怯え、そして自信の無さが滲んでいるように見えた。以前、防具屋『赤い河』を二人で訪れた時と同じように。

〝意外と……傷つきやすいんだ……いや、俺が、傷つけたのか……〟

「……秘密だぞ、誰にも言うなよ?」

「秘密……秘密、ですね。はい、私絶対に喋り……」

こくこくと小刻みに頷き、ミリアムは僅かに震える声で答える。

「もし誰かに喋ったら、お前がずっとノーパンでいた事、町中に言いふらすからな」

「し、シリューさん……何か、ゲスいです……」

ジトっとした半開きの目でシリューを睨んだミリアムだったが、すぐにその言葉がいつものシリューらしくない事に気付いた。

「あ……シリューさんっ、もしかして……」

「ああ、もしかしなくても、俺はエロくてゲスいのかもな、お前のパンツ見たし」

ぷいっ、とシリューは背を向けたが、ミリアムはもう責めなかった。何となくシリューの意図が分かったのだ。

「そ、そっか……私もエロくてゲスいですから、おあいこっ、ですね……」

にっこりと笑って答えるミリアムに、シリューは訝し気な表情を浮かべ首と手を振る。

「え？　いや……俺、お前ほどじゃないから」

「なっ、なんですかそれっ！　そこは『そうだな』って笑うところですよね!!　ほ、ほんっとっいじわるですっっ」

少し潤んだ瞳で口を尖らせ、ミリアムは顔を背けた。

「でもご主人様は、ミリちゃんの腫れた顔を見て、それはそれは恐ろしいくらいに怒ったの」

ヒスイがミリアムの顔の前でにっこり笑った。

「え……そ、そうなんですか？」

伏し目がちにそっとシリューを見上げて、ミリアムが尋ねる。

「ご主人様は、ミリちゃんをとっても心配していたの」

「え……あの……ホントに……？」

「ヒスイっ、余計な事言わないっ……って、え？　ヒスイ？」

シリューは目を見開いてヒスイを見つめた。

「え？　あれ？　今、ミリ……ちゃん、って？」

ミリアムも首を傾げてヒスイを見る。

「はい、なの。ミリちゃん」

「「ええええええっっっ」」

洞窟の中に、シリューとミリアム、二人の声が重なった。

◇◇◇◇◇◇

「ヒスイ……ミリアムも……二人とも、話ができるのか？」

シリューは二人の顔を交互に見比べて尋ねた。

「はい。私っ、ヒスイちゃんの言葉が分かりましたっ！」

胸の前で手を組み、ミリアムが満面の笑みを浮かべた。よほど嬉しかったのだろう、興奮して声が弾んでいる。

「ヒスイはミリちゃんの言葉が分かるの、です」

ヒスイも嬉しそうに笑い、ちょこん、と首を傾げる。

「でも、なんで急に……？」

お喋りができれば、理屈などどうでもいいとはしゃぐヒスイとミリアムだったが、シリューとしては是非その理由を知りたかった。

丁度その時だ。

「ん、んっ……あ、んっ」

艶《なま》めかしい声とともに、ヒスイの躰が碧《あお》色に輝き始める。

「えっ⁉　ヒスイっ、大丈夫⁉」

「んっ、あっ、はあああああんっ‼」

やがてヒスイの放つ光は、目もくらむ黄金の輝きとなり辺り全体を照らした。

「ひ、ヒスイちゃん⁉」

数秒の後、唐突に消えた光の中から現れたのは……。

「ヒスイっ……？」

顔は変わっていないが、その長く透き通るような髪は頭頂部が金色に輝き、毛先に向かって碧のグラデーションがかかっている。元々露出度の高かったレオタードのような服が、ゴージャスになったうえ、更に布地を減らしてお腹部分まで露出している。

それに何となく、いやはっきりと分かるくらい……。

〝……大きくなってる……〟

胸が。
そして……。
〝……なんか、エロい……〟

【解析】

〝種族：エピスタシス・ピクシー〟
固有名　ヒスイ（翡翠）
称号（新）　旅人の従者
年齢　１３２歳
魔力　１４５
魔力量　５２０
スキル　幻惑　姿消し　人語（新）
魔法　精霊の加護　空間　闇（新）
アビリティ　魔力

「え？」
種族がピクシーから、エピスタシス・ピクシーに変わっている。

【エピスタシス・ピクシー：人間によって固有名を与えられる事により、主従契約《しゅじゅうけいやく》を成したピクシーの進化した姿。外見が主の持つイメージに変化する。各能力値が上昇するとともに、本人の望む能力を得る】

「これって……ベアトリスさんの言ってた……」

「ヒスイちゃん……綺麗です……」

進化した理由はよく分からないが、魔力と魔力量が増加し、人語スキルと闇系魔法が新たに追加されている。これが、ヒスイ自身の望んだ能力という事だろう。

そして。

〝……外見が主の持つイメージに変化って……〟

「……うん、なんか、ゴメンね、ヒスイ……」

「ご主人様？」

シリューの声が聞こえなかったヒスイは、ちょこんっと首を傾げる。

称号については、あえて無視した。

「うわぁ……かわいい」

ヒスイの姿を目にした子供たちから、溜息のような声が漏れる。

「しんかんさま、この子、ピクシー？」

サリーが好奇心に満ちた顔でミリアムに尋ねた。

「ええ、そうよ。名前はヒスイちゃん。みんなちゃんとご挨拶できるかな?」

「サリーです、ヒスイちゃん、こんにちはっ」

「ぼくダドリー、こんにちは」

「こんにちは、ハンナだよっ」

「ぼ、ぼくケイン、です」

ミリアムの言葉に、子供たちが順に頭をさげ挨拶をする。

ヒスイは少し迷ったようにシリューの顔を窺い、シリューが頷いたのを確認すると子供たちに向き直りにっこり笑った。

「はい、こんにちは、なの」

「みんな、ヒスイは小さいけど俺やこのお姉ちゃんよりずっと年上なんだ。だから触ったり追い掛けまわしたりせずに、静かにお話するんだよ」

シリューはしっかり念を押すように、子供たちに言い聞かせた。

「はいっ」

「よし、いい子だ。それじゃあお腹もすいただろうから、後片付けが終わったら夕飯にしよう」

子供たちから歓声が上がった。皆、朝に具の殆ど入っていないスープを与えられただけで、泣きそうなほどお腹が減っていたのだ。

「私も、お腹すきました……」

ミリアムが眉を八の字にして呟いた。

「分かってる、でもちょっと手伝ってくれ。この血の臭いを何とかしないとな」

「それなら、任せてくださいっ」

ミリアムは目を閉じ、顔の前で手を組む祈りの仕草で、聖魔法の呪文を唱える。

「あまねく聖浄なる福音、清らかな天の鐘を鳴らし、この穢れし大地に安らかな光をもたらし賜え、聖域発現《ピュリフィテュエール》！」

ミリアムの身体が淡《あわ》く輝き、洞窟全体に聖なる光が降り注ぐ。

浄化系上位の『聖域発現《ピュリフィテュエール》』。勇者のみが使える光魔法、セイクリッド・リュミエールを模して創られた聖魔法で、威力や範囲には劣るものの、ほぼ同じ効果を得られる。

洞窟内に残っていた魔物の血の跡が、みるみるうちに粒子となって消えてゆく。

「は、ぁん……」

だが、余りにも範囲を広げ過ぎ、大量の魔力量を消費したミリアムは、喘《あえ》ぐように息を呑みこみ、自分の身体を支えられずによろめいた。

「って、おいっ。大丈夫かっ」

シリューはミリアムが倒れる寸前に抱きとめた。

「……えへ、ちょっと力を入れ過ぎちゃいました……」

息を切らして笑うミリアムの額から、汗が一筋流れ落ちる。

「馬鹿だな、無理しすぎだろ。ちょっとずつでいいのに」

「馬鹿じゃ……ないもん」

ミリアムは少しだけ拗ねた様子で、ぷい、と顔を背けた。

「どうかなぁ……お前が、他人の為に馬鹿みたいに頑張る女の子だって事、分かってるけどな」

「え……」

抱きとめられた姿勢のまま、急に振り向いたミリアムと、

「う……」

ミリアムの顔を覗き込むかたちで、僅《わず》かに体勢を崩したシリュー。

言ってみれば、それは出会い頭の事故。

お互いの唇がぶつかり、重なった。

そのまま時間が止まったように、無言で固まるシリューとミリアム。

「ん……」

ミリアムが流れにまかせて目を閉じかけた時。

「ああーっ！　おにいちゃんとおねえちゃん、ちゅうしたー!!」

子供の一人が大きな声で叫んだ。

「はわわわっ」

「ああっいや、これはっ」

はっと我に返り、大慌てで離れるシリューとミリアム。

「じ、事故ですっ。これは事故ですっっっ」

「『そ、そう、事故だから、してない、してないからっっっ』」

誰に言うともなく言った二人の言い訳が、果たして子供たちに届いたのかは分からなかった。

◇◇◇◇◇

「なあ、この略奪品《りゃくだつひん》って、どうすればいいの、かなっ？」

それから後、片づけを終えたシリューが、積上げられた略奪品の山を前にミリアムに尋ねた。

「えっ、えと、確か野盗から取り戻した品は、捕まえた人の物……のはず、ですっ」

二人とも何となくぎこちない。

「ちょっと、そんな都合のいい事があるのかな？」

「はい、えと、多分。あ、でもちゃんと冒険者ギルドで確かめてください」

シリューはこの世界の法律や常識に疎かったし、ミリアムにしてもこんな事に関わると思ってもいず、うろ覚えの知識でしかなかった。

「ま、とりあえず持って帰るか」

山積みされた略奪品を、シリューは全てガイアストレージに収めた。

「ミリアム、こいつら集めるの手伝ってくれ」

それから、気絶している野盗たち全員を一か所に集め、シリューはロープの束を取り出した。

「これで縛るんですね？」

「ああ、でもちょっと待って」

ミリアムが早速、転がる野盗の一人を縛ろうとロープを手にしたが、シリューはそれを制した。

「どうする……」

ミリアムが言い終わる前に、シリューは野盗たちの装備をガイアストレージに納めながら剥ぎ取り始めた。いちいち外す必要もない。触れただけで身に着けている装備が収納され消えてゆく。

「し、シリューさんっ？　そ、そこまでっ？」

防具や武器だけでなく、服も装飾品《そうしょくひん》も、勿論下着まで全て剥ぎ取るシリューに、ミリアムは顔を赤らめ尋ねる。

「ああ、こうしとけば逃げ出そうなんて思わないだろ？」

「そ、そうかもですけど……わ、私は、その……」

ミリアムは下を向いて口ごもる。

「いいよ、縛るのは俺がやるから」

そう言ってシリューは次々とその作業を続けてゆく。

「え？　シリューさん、まさかっ」

ミリアムは驚いて口元を押さえたが、シリューは何の感情も浮かべずに、最後に残ったクロエの服も一枚残らず剥ぎ取った。

「ああそうだ。こいつと、あの髭と、あと顔に怪我してるヤツさ。顔の怪我だけきれいにしといてくれ」

シリューはそれぞれを指差しながら、ミリアムに言った。

「え？　顔だけ……ですか？」

シリューの意図が読めず、ミリアムは眉をひそめる。

「ああ。こいつら全員ロープで繋いで歩かせるんだ。街に入った時、顔がはっきり分かった方が恥かくだろ？」

シリューはおもいっきり悪い笑顔で振り向いた。

「……シリューさん……鬼です……」

引きつった笑顔を浮かべたミリアムは、それでもシリューに言われた通り、顔に怪我をした者だけを治療していった。

「これじゃあ、殺されていたほうが良かったのかも、ですね……」

ミリアムは、殺したり痛めつけたりするよりも残忍な仕打ちを見て、自分たちを襲った野盗団とはいえ、僅かに同情を覚えた。特に女性であるクロエには。

全員、身体を隠す事ができないよう後ろ手に縛り、その首を数珠つなぎに繋いで転がしている。首は頸動脈が絞まらないギリギリで縛っているため、誰か一人でも逃げ出そうとすれば、本人は勿論他の全員の首が絞まる事になる。

もっとも、魔物が出没する森の中を裸で逃げ出そうとする者がいればの話だったが。

「だから忠告したのに、子供を虐めたら、シリューさん怒りますよって……」

シリューが怒った本当の理由に、ミリアムは気付いていなかった。

「さてと、ちょっと遅くなったけど、夕飯にしようか。ミリアム、料理頼んでいいか？」

シリューはグロムレパードの肉を取り出し、ミリアムに渡した。

「はいっ。任せてくださいっ」

ミリアムは肉を受け取ると、にっこり笑って頷いた。

◇◇◇◇◇◇

何か月も野盗団が拠点にしていただけあって、洞窟内には調味料も食材も、かなりの量が備蓄されていた。

ミリアムはその中から、適当な大きさの鍋を選び、子供でも食べられそうな山菜と、シリューから渡されたグロムレパードの肉で、簡単なシチューを作る事にした。

一方シリューはガイアストレージに収納した略奪品や、備蓄されていた食料を隅々まで漁りあさり、物を探していた。

「……紅茶だけ、か……」

布の袋に入った紅茶葉を残念そうに掲げ、シリューは肩を落とし呟いた。

それらしい細長い金属製のポットも見つけた。同じく金属製のマグカップも。なのに、それだけが無い。

「強盗団って言ったら、パーコレーターか煮出しの珈琲だろっ。アウトローが紅茶なんか飲んでんなよっ」

完全な言いがかりだった。

「シリューさん、どうしたんですか？」

調理を終えて、食器を探しに来たミリアムが、何故か不機嫌なシリューを心配して声を掛けた。

「あ、いや、別になんでもない……ああそうだミリアム。珈琲《コーヒー》って知ってるか？」

「え？　コーヒー……ですか？　えと、何でしょう？」

ミリアムは初めて耳にする言葉に首を傾げる。

「豆を焙煎《ばいせん》して挽《ひ》いたものをお湯で煮出した、真っ黒で苦い飲み物、なんだけど……」

「ごめんなさい、やっぱり聞いた事ありません。……真っ黒で、苦い……」

ミリアムは眉をひそめた。黒くて苦い飲み物。さっぱり想像ができなかったが、それが美味しいとは思えない。

「……知らないかぁ……やっぱりこの世界には無いのかなぁ……」

「この世界、って、この国っていう意味ですか？　シリューさんってどこの出身なんですか？」

とんだ失言だったが、ミリアムは特に気にしなかったようで、シリューはほっと胸を撫でおろす。

「ああ、俺は東の果ての果て、アルヤバーンの出身なんだ。森の扉で飛ばされて気が付いたらエラールの森だった」

「そ、そうだったんですか、森の扉に……だからこちらの事情に疎かったり、常識外れだったり……」

ミリアムは腕を組んで、うんうんと頷いた。そのぐらいの事ではもう驚かない。逆にそのぐらいぶっ飛んだ事情の方が納得できる。

「そういえば、夕飯の準備できたのか？」

「あ、はい、そうでした。食器を取りにきたんでしたっ」

ミリアムは思い出したように、慌てて皿やカップを漁りはじめる。

「いいよ、ほら、これは持ってやるから」

そう言ってシリューは、ミリアムの抱えた食器の殆どを手に取った。

「あ、ありがとうございますぅ」

「料理したのはお前なんだから、ありがとう」

シリューはいつものように涼やかに笑った。

「は、はいっ」

だがその言葉は、いつもより随分と優しく響いて、胸の高鳴りを抑えきれず、ミリアムはそそくさと踵を返し子供たちの元へと戻った。

「ねえこれってグロムレパードのお肉？」

石組のかまどに掛けた鍋の傍で、ダドリーは目を輝かせて尋ねた。

「そうだよ。いっぱいあるから、みんなどんどん食べるんだぞ」

「やったー」

「グロムレパードのお肉なんて、わたしはじめてっ」

「ぼくもっ」

シリューはシチューを皿によそい、子供たちに渡してゆく。その脇でミリアムがスプーンと水の入ったカップを並べる。

全員にいき渡ったところで、ミリアムが神への感謝の祈りを捧げ、子供たちもそれに倣って手を組む。

祈りが終わると、待ってましたとばかりに、子供たちは一斉にシチューに取りかかる。子供たちにとっては久し振りのまともな食事だ、慌てるなというのも無理な話だ。

「なんだか、あのバザーを思い出しますねぇ」

ミリアムがスプーンを口に運びながら、目を細めて呟いた。

「ああ、そうだな」

ミリアムの横で、シリューもあの時の子供たちの顔を思い浮かべ微笑んだ。

「シリューおにいさんとミリアムおねえさん、なんかパパとママみたいっ」

サリーが屈託なく笑った。

「え？　あ、そ、そんな……そう？」

ミリアムが頬を染め、照れたように目を伏せる。

「いや、無いから」

シリューは冷静にツッコむ。

「ちゅーしてたしねえー」

ハンナは他の子たちを見渡した。

「あ、あれはっ、じ、事故ですっっ」

「そ、そうだぞっ、たまたま当たっただけっ」

今度はシリューも冷静ではいられなかった。

「シリューにいちゃんなら、しかたない……ミリアムねえちゃんはゆずってやるよ」

ダドリーが大きく溜息をついた。

「ダドリーっ、な、なんか勘違いしてるぞっ、俺は、べ、別に……」

「シリューにいちゃん、ミリアムねえちゃんの事、好きじゃないの？」

「好きじゃないの？」

全員が手を止め、シリューを見た。

シリューがふと目をやると、隣でミリアムも伏し目がちにじっと見つめている。

逃げ場が無い……。

「あ、いや、あの……」

これは、狼《オオカミ》に追い詰められたウサギだ。

「ミリア、ム……ミリアムお姉ちゃんは、料理上手だし、きっといいお嫁さんになると思うよ、はっははは……」

日和《ひよ》った。

「ヘタレ……」

誰かがポツリと言った。

「さいてー」

二人の言葉がシリューの胸をグサリと抉った。

◇◇◇◇◇◇

遅めの夕食を終えて、子供たちを寝かしつけた後、シリューは見張りがてら洞窟の外に出て、ガイアストレージに収納した魔物の死体を整理していた。

分別の結果、素材として使えるのはモノケロースとグロムレパード、ハンタースパイダーを除けば二十頭分ほどで、あとは損傷が激しく魔石も殆どが破壊されていた為、山積みにした後極大のフレアバレット数発で焼き尽くした。

明日、早朝のうちに出発すれば、夕方までには街に着けるだろう。

ランドルフにモンストルムフラウトを渡した男の事とか、売られてしまった神官の事とか、まだ気になる事は残っているが、子供たちを親元と孤児院に帰してやるのが今の優先事項だ。

「シリューさん」

夜空を見上げあれこれと思考にふけっていたシリューに声を掛け、ミリアムはそっと隣に並んだ。

「考え事、ですか？　何か浮かないない顔、してますよ」

「ん、ちょっと気になる事があるんだ。……ランドルフの奴、いったいどこ行ってたんだろう？」

あの時、ランドルフは後から参戦してきた。ヒスイが偵察《ていさつ》した時にもあの洞窟にはいなかった。

「そういえば、誰か人に会ってくるって言ってました……私が連れてこられた時には、ここにいましたから……」

「人に？　こんな所で？」

ミリアムが連れてこられたのは早くても今日の夕方、シリューよりも二、三時間ほど前だ。その時に出かけ、シリューが襲撃した時間に戻ってこられるなら、街までは行っていないだろう。

〝こんな森の奥の、何処で誰に会ってたんだ？〟

「ま、後でちょっと探ってみるか……」

依頼を受けているわけでもなく、正式な捜査は官憲に任せるべきだろうが、このまま手を引くのもすっきりしない。

お人よしでお節介なシリューの性格は、この世界にきて徐々に昇華《しょうか》しているようだ。

「あ、あのシリューさん……」

「ん？」

ミリアムは隣で急に畏まったようにぴんっ、と背筋を伸ばした。

「本当に、ありがとうございました！　シリューさんが来てくれなかったら、私……わたし……ごめんなさい……」

上目遣いにシリューを見つめるミリアムの瞳に、みるみる涙が溜まってゆく。

「……いや、俺の方こそごめんな……もっと早く来てれば、お前、あんな、あんな事には……」

シリューは真っすぐに見つめるミリアムから顔を背け目を伏せた。

「え？　シリューさん？　えとっ、私っ、大丈夫ですよ？　シリューさん、ちゃんと間に合いましたっ」

シリューは憂いのこもった表情のまま、顔を上げない。

「……」

「ちょっ、シリューさんっ。何か言ってくださいっ、私ホントに何もされてませんからっ、間に合いましたからっっ。大丈夫ですからっ、ちゃんと、まだちゃんとっっ、わたしっシリューさんにならあげっ……らっ……」

シリューの意味深な態度に、思わずまくしたてたミリアムだったが、はっと我に返り、両手を口にあてて続く言葉を呑み込む。

目を見開き静かに固まるミリアムの頬が、みるみるうちに赤く染まってゆく。

「あげ、らっ？」

シリューは訳が分からず首を捻った。

「い、いえいえいえっ、な、なんでもありません！　とにかく大丈夫ですっっっ‼」

ぷるぷると小動物のように首を振り、ミリアムは慌てて後ずさる。もう少しで、非常に危険な宣言をしてしまうところだった。

「そうか……魔法で元通りって言っても、あれだけ腫れあがって、痣までできて……、ちょっと見るのが辛かったんだ……」

〝そっちかあああああ！！！〟

ミリアムは心の中で盛大にツッコんだ。

幸いシリューは気付いていない。気付かれたら多分顔に火がついて死ぬ。

〝……ホント……女心に疎い人でよかった……ヘタレだけど……〟

「どうした？　大丈夫か……。いろいろあったからな、見張りは俺に任せて、ゆっくり休みなよ」

シリューは真剣で、でも温かい眼差しをミリアムに向けた。

そう、それは縋る者を決して見捨てない、一心な優しさの輝く瞳。

「シリューさん……シリューさんはホントに優しいです」

気恥しくなり、ミリアムは思わず目を伏せる。

「けど、約束守れなかったしな……お前を泣かさないって、大口叩いたのに、カッコわるっ……」

「あ、あれはっ、泣いてないです。あの時私、ホント凄く嬉しくってっ！　シリューさん勇者様みたいでっっ」

「勇者は言い過ぎだろ」

「でもでも、嬉しい涙は、泣いたうちに入らないです」

ミリアムは大きく深呼吸した。

そして遠く星を見つめるように夜空を見上げる。

空を埋め尽くす星たちは、地上で起こった事など素知らぬように、穏やかな光で静かに揺らめいている。

「……私、知ってましたよ、シリューさんは必ず約束を守ってくれるって……」

「……そうか……」

瞬く星たちの合間を、一筋の光が流れる。

「……私は……約束……守れなかったのにね…………」

ミリアムは大きく息を零し、そして縋るように左の小指を見つめ、ぽつりと呟いて少し哀しそうに笑った。

そのミリアムの横顔が、流れ星が降る夏の夜、小指を絡めた美亜の横顔と重なる。

「……約、束……？」

〝ずっと、一緒にいようね〟

「お前……もしかして……」

「あれっ？　え？　なんで？　おかしいな、なんでそんな風に思ったんだろ？」

ミリアムは自分でも訳が分からず困惑した。

「ミリアム……」

「あ、あの、忘れてくださいっ、私っなんか呆けてましたっっ」

「ああ、ね。いっつも呆けてるけどな」

シリューは胸に抱いた思いを否定する事も、肯定することもなく、ミリアムのその仕草にくすりと笑った。

「や、シリューさん、それはヒドイです」

そう言いつつ、ミリアムも釣られて笑う。

二人の笑い声が、星の瞬く空に響いた。

夜は静かに更けてゆく。あの夏の夜空に交わされた、遠く儚い二人の誓いを包み込むように……。

星が生まれ、やがて消えてゆくように、新たな想いが生まれ、そして形を変えてゆく。

失われた時間とともに消えた約束が、いつか世界を越えて果される時まで。

今はまだ……。

◇◇◇◇◇◇

次の朝。

まだ夜が明けきらないうちに、シリューは出発の準備を始めた。

洞窟の傍で巧みに隠されていた馬車の中から、四頭立ての物を選び、更に一頭立ての小型の車体をロープで連結させた。これは、大型の車体に野盗団を詰め込み、小型の方に子供たちを分けて乗せるためだった。

街に近づいたら野盗たちは馬車から降ろし、歩かせるつもりだが、さすがに森の中まで歩かせる訳にはいかないだろう。野盗たちの体力が尽きようが知った事ではないが、それでは時間が掛かり過ぎ、夕方までに街に着けなくなる。それだけの理由でしかないが。

準備が終わり空が白み始めた頃、シリューはミリアムを起こしに洞窟へ入った。

「あ、んっ、……シリューさん、おはようございます。もしかして、一晩中見張りをしてくれてたんですか？」

ミリアムは目を擦《こす》りながら尋ねた。

寝起きの為かいつもより声が低い事に、シリューは少し可笑しくなり自然と笑みが零れた。それに何というか……、寝ぼけまなこで、後ろに纏めた髪が少し乱れたミリアムは、正直、そう、正直可愛かった。

「ごめんなさい、私だけぐっすり眠っちゃって……。起こしてくれたら良かったのに」

空気が乾燥していたせいか、ちょっとしゃがれ声にもなっている。

「気にするな、俺は二、三日眠らなくても平気だから」

実際は二、三日どころか三十日は休息・休眠・補給無しで活動できるが、今それを言う必要もないだろう。

「子供たちを起こす前に、朝食の準備をしよう。手伝ってくれ」

「はい、分かりました、任せてくださいっ」

ミリアムは別人のような低くしゃがれた声で、ぽんっと自分の胸を叩いた。

朝食の準備が終わる頃には、すっかり元の声に戻ったミリアムが、すやすやと安心して眠る子供たちを優しく起こした。

「さあ、みんな起きてぇ、朝ご飯できましたよぉ」

それからみんなで最後の食事を囲んだ。勿論野盗たちは無視だ。

何人かは、『俺たちにも食わせろ』だの、『服を返しやがれ』などと騒いだが、シリューがその都度、早撃《クイックドロー》で鼻や耳を撃ち抜くと途端に大人しくなった。

「うざいなぁ、ここで埋めていってもいいんだぞ。殺すのも面倒だから生きたままな？　どっちがいい？」

シリューの強さを身をもって実感した野盗たちは、それから一切騒がなくなった。

◇◇◇◇◇◇

馬車の扱えないシリューに代わり、ミリアムが御者《ぎょしゃ》を務め、一行は朝食の後すぐに出発した。

ミリアムにとっても、子供たちにとっても、未練の残るような場所ではなかったので、一刻も早く離れたかったのだ。

途中休憩をはさみ、計画通り夕方前にはレグノスの街近くまでたどり着いた。勿論、吊るしておいたカミロを回収し他の連中と同じようにロープで繋いだのは言うまでもない。

「ほら、さっさと降りろ！」

街の傍で全員を馬車から降ろし、シリュー自ら数珠《じゅず》つなぎの野盗たちのロープを持ち先導した。

シリュー自身はなるべく目立たないよう、深くローブを被って。

「お、おいおい、一体何事だ？」

門を守る衛兵が、裸で後ろ手に縛られ、首を繋がれて連行される一団の異様な様子に、先頭でロープを引くシリューに詰め寄った。

「俺は冒険者です。行方不明の子供を探してたら、たまたまエラールの森に巣食う野盗団を見つけたんで、全員こうして捕縛しました」

シリューは冒険者カードを衛兵の目の前に提示しながら、いきさつを説明した。

「エラールの森の野盗団だって？　ほんとうかっ？」

「いや待て、あれは賞金首のランドルフじゃないかっ。おいザルツまでいるぞ！　他にも……」

衛兵たちがにわかに活気づく。

「この連中が野盗で、君が冒険者というのは分かったが……この状況は一体……」

衛兵のリーダーらしき男が、裸の一団を指差し尋ねた。

「こいつらさんざん暴れ回って、この街の人たちも随分迷惑してたんじゃないかって。だから……」

シリューは野盗たちの方へ顎をしゃくり、思いっきり悪い笑顔を浮かべた。

「それにふさわしく、大恥かいてもらおうかと思って」

「なるほど……こいつらに家族や同僚を殺された者も少なくない。面白いじゃないか、見せしめには丁度いい。ちょっと待っててくれ、今許可を貰ってくる」

そう言ってくるりと踵を返し、弾むような足取りで詰所《つめしょ》へと入っていった。

◇◇◇◇◇

「お前、このままで済むと思うなよ……」

僅かな時間に集まってきた大勢の市民の目に晒されながら、数珠つなぎの先頭を歩くランドルフが、怒りの籠った目でシリューを睨んだ。

「まだ分からないのか？　お前たちは終わりだよ。あとは吊るされるか、首と胴が分かれるか……ま、選ばせてくれるとは思わないけど」

シリューは振り向いてランドルフを睨み返したが、すぐに興味を無くして前に向き直った。何を言おうが、所詮は負け犬の遠吠えでしかない。この男にはもう何も残されていないのだ。

だが、ランドルフが後ろでニヤリと笑ったのを、シリューは気付かなかった。

「ご苦労だった。ここからは我々官憲隊が引き継ぐ。賞金は冒険者ギルドで受け取ってくれ」

中央広場まで進んだ一行を、官憲隊の中隊が迎え、シリューは野盗団を引き渡す。

「宜しくお願いします」

官憲隊の隊長は軽く頷き、部下に号令を出して隊列を組ませシリューの前に並ばせた。

「シリュー・アスカ殿、でしたかな」

隊長はそれまでの厳しい表情を崩し、柔らかな笑顔を浮かべた。

「我々は、貴方に感謝いたします。本当にありがとう。これで、死んでいった仲間たちも浮かばれます」

そう言って隊長は部下に向き直り、大きな声で号令を掛けた。

「総員！　シリュー殿に敬礼!!」

一糸《いっし》乱れぬ動きで、全員が敬礼をする。

シリューは少し戸惑ったが、ゆっくりと相手と同じ敬礼を返した。

「……何か、凄くかっこいいです……」

その光景を見ていたミリアムが、進んでゆく官憲隊を見送りながら呟いた。

「ああ、あの人たち、ずいぶん悔しい思いをしたんだろうからなぁ……」

何度か派遣された捜索隊は、誰も生きて帰らなかったと聞いていた。

「えっと、はい。そうですねぇ」

そうじゃなくて……とは、ミリアムは言えなかった。

「さてと、仕事に戻るか」

シリューは大きく伸びをして言った。

「仕事？」

「ああ、子供たちを親元に帰すのが、今回の仕事だからな」

ミリアムは微笑んで頷いた。

「そうですね、みなさん待ってますね」

「そういう事」

シリューは子供たちを乗せた馬車に向かい歩き出す。

「あ、でもでも、野盗団の件は？」

シリューの背中に向かってミリアムが投げかける。

シリューはそっと振り向いた。

「通りあわせ、かな」

涼やかなシリューの笑顔に、ミリアムはふと、今までの事を思い返してみた。

はじめの頃はいつも不機嫌で、怒ったような顔ばかり向けられていたと思う。それから、少しずつ笑顔を見せてくれるようになった。冒険者ギルドの前で、堪えきれず大泣きしてしまった時には、優しく涙を拭ってくれた。

そして、あの洞窟で、大切なものを引き裂かれそうになった時……。

「……通りあわせ、ですか……」

ミリアムは誰にも聞こえない声で、シリューの背中に語り掛けた。

もし、あの最初の出会いの時、勘違いしていなかったら……。二人は言葉を交わす事もなく、ただすれ違っていたのだろうか。

ミリアムはそっと目を閉じて、心の中で神に感謝を捧げた。

「おい、何してんだ、置いてくぞ」

シリューが立ち止まり振り返った。いつものぶっきらぼうな言い方だが、その顔には笑顔が浮かんでいる。

「あんっ、待ってくださいっ」

ミリアムは髪を揺らしトコトコとシリューの隣に並んだ。

「シリューさん……」

「ん？」

「シリューさんは、やっぱり優しいです」

ミリアムは桜色にほんのりと頬を染め、そして右手でそっと髪をかきあげ、そのまま耳を覆うように手を止めた。

「お前、それ……」

「あっ、えっと、これは、そのっ……癖です、ただの癖ですよ……」

沈みかけた夕日に、二人の影が長く長く石畳の道に伸びて、やがて黄昏の薄闇に寄り添いながら溶けてゆく。

〝僚ちゃん、私を探して〟

心に聞こえた美亜の声に、シリューはそっとミリアムを見つめた。

「シリューさん……？」

あの日吹くことを止めた風が、今また再び吹き始める。

この出会いの意味を、やがて二人は知るだろう。

遠く儚い約束とともに……。

番外編 *Extra edition*

受け取ってくれるかな？
シリューさん

The adventurer called
the worst disaster is
busy for good deeds after he died once.

エラールでの野盗団との戦いから数日後。

「ご主人様、お出掛けなの、です？」

『果てしなき蒼空亭』の客室で身支度《みじたく》を整え、珍しく双剣を腰に帯びたシリューに、ヒスイは少し不思議そうな顔をした。

「ああ、ちょっと西の丘の先にね」

先日の戦闘で新たに得たスキルを、上手く使いこなせるように訓練をしておきたかった。

「ヒスイはどうする？　留守番しておく？」

ヒスイは頬に指を添えて首を傾げる。

ここ最近は、シリューについて回るだけではなく、一人でふらっと出掛ける事も少なくない。

「……ヒスイは……ミリちゃんのところにいきたいの、です……」

「ミリアムの？　ああ、そういえばあいつ今日は休みって言ってたな……うん、いいよ、いっておいで」

遠慮がちに尋ねたヒスイに、シリューは笑って答えた。

「はいっ、なのです」

きらきらと星を振りまきながら、ヒスイは部屋の窓からすうっと飛び出していった。

◇◇◇◇◇◇

「う～ん、何がいいかなぁ……」

商店街のウィンドウを、時折立ち止まってのぞきながら、ミリアムは頬に指を添え溜息交じりに呟いた。

助けてもらったお礼に、何かプレゼントをしたかった。

〝シリューさんが、喜んでくれる顔が見たいっ〟

そう思ったのだが、ミリアムには男の子と付き合った経験も、好きになった経験もない。

正直、何を贈れば喜んでくれるのか、よく分からなかった。

「年頃の男の子って、何を貰ったら嬉しいのかなぁ？」

同じ勇神官で、ミリアムよりは男性経験のあるメリッサに尋ねた。

「それは勿論……」

メリッサは、真剣な表情でミリアムの躰《からだ》をじっくりと眺めて。

ぴしっ。

と、無言で鼻先を指差した。

「みゅっ、あ、あの……メリッサ。私は、プレゼントを……」

「それ以上のプレゼント、ある？」

それはおそらく間違っていない。間違っていないし、その意味はミリアムにだって分かる。

でもそれは、今のミリアムには難易度が高すぎる。

「欲を言えば、もうちょっと色気がほしいトコだけど……ま、どうせ脱いじゃうんだから一緒かな？」

ボウタイのついたゆったりしたデザインの白いブラウスと、薄いブルーのスカートはマキシ丈で、
体の線を強調する事もなく露出も少ない。

「ぬ、脱がないですっ、ってかムリですぅ……何か、別の物を……」

顔を真っ赤にして俯くミリアムの肩を、メリッサは優しく叩きながらにっこりとほほ笑んだ。

「何でもいいのよミリアム。あなたの気持ちがこもっていれば、ね。あなたがいっぱい悩んで選ぶ事が大切なの」

「……いっぱい悩んで……」

「そ。で、どうしても思いつかない時は……」

「時は……？」

真剣な顔で答えを待つミリアムの胸に向かって、メリッサはびびっ、と両手の人差し指を差した。

「あ、え……え？」

「頑張ってっ」

メリッサは生暖かい微笑みを浮かべ、恥じらい戸惑うミリアムにサムズアップして去っていった。

「が、がんばる？　え？　だからっ、ムリですぅ……」

ほぼほぼそっち系なメリッサのアドバイスでも、たった一つは役に立つ事もあった。

「私の気持ち、か……」

そんなやり取りの後、とりあえず街へ出掛けショウウィンドウを眺めてみたものの、いいアイディアは思い浮かんでこない。

溜息を零し、ショウウィンドウの前から歩き出したその時。

「ミリちゃんっ」

「ひゃうっ⁉」

自分の背丈よりも高い位置から掛けられた声に、ミリアムはぴくんと肩を揺らし小さな悲鳴をあげた。

「ひ、ヒスイちゃん⁉」

ミリアムが振り向いて見上げると、ヒスイがひらひらと目の前に降りてきた。

「見つけたの、ミリちゃん」

ミリアムは辺りをきょろきょろと見渡す。

「ヒスイちゃん……一人？」

「はい、なの。ご主人様は訓練に出掛けたの。だからヒスイは一人でミリちゃんに会いにきたの」

ヒスイの答えに、ミリアムはほっと胸を撫でおろした。もちろん会いたくないわけではないが、今日は不味い。プレゼントを渡したい相手に、プレゼントを買うところを見られたくはない。

「じゃあ、ヒスイちゃん、わざわざ私を探してくれたんですか？」

ヒスイはにこにこ笑いながら、こくんっと頷いた。

「ミリちゃんは、何をしてるの？」

「私は、えっと……」

言いかけてミリアムはふと気づいた。

〝ヒスイちゃんなら、ひょっとしてシリューさんの好みを知ってるかも？〟

「あの、ヒスイちゃん……」

「はい？」

ちょっと恥ずかしかったが、ミリアムは思い切ってヒスイに尋ねた。

「そのっ……シリューさんの、す、好きな物って知ってますかっ？」

「ご主人様の、好きなもの？」

頬に指を添え首を傾げるヒスイに、ミリアムは胸の前で両の拳をつくり、期待に満ちた瞳でこくこくと首を揺らす。

「私、シリューさんに助けてもらったから、何かお礼にプレゼントがしたいんですっ」

ヒスイは少し俯いて考える素振りを見せたが、すぐに顔をあげミリアムをまっすぐ見つめた。

「ご主人様は、お礼を求めないの。ヒスイを助けてくれた時も、そのまま笑って立ち去ろうとしたの」

「ああ……」

〝いつもの、あの涼し気な笑顔で……うん、何となく分かる……〟

納得しかけて、ミリアムはぷるぷると首を振る。

「違うのヒスイちゃんっ、どうしても、私がお礼をしたいんです」

「じゃあ、ミリちゃんも名前を付けてもらうのっ」

おそらくヒスイに他意はない。

「や、ヒスイちゃん……それは、ちょっと……」

新しい名前を付けてもらって、布地の少ない服を着て、ご主人様呼び……。

ミリアムは想像しただけで恥ずかしくなり、慌てて真っ赤に染めた顔を伏せた。

「む、ムリですっ、絶対ムリですっっ。それは、上級者向けですっ！」

「何の上級者、なの？」

屈託のない笑顔で、さらりとヒスイが聞いた。

「ああ、ヒスイちゃん、それは聞いちゃダメっ」

そういうちょっと普通と違う、倒錯した趣味を持った人がいる事を、ミリアムも知らないわけではなかった。

「ヒスイちゃん……それより、シリューさんの好きなものを……」

「そうだったの、ご主人様の好きなもの、なの……」

ヒスイは空を見上げて、シリューと出会ってからの出来事を、一つ一つ指折りながら思い返してみた。

「ご主人様の、好きなもの……」

だがこれまで、シリューが特に何かに執着するようなところを、ヒスイは見た事がなかった。

「好きな物、好きなもの……？」

ヒスイは閃いたように目を見開き、ぽんっと手を叩いた。

そう、思い当たるものが、ただ一つ。シリューが大事そうにハンカチに包んだ……。

「紫のパンツっ、なの」

「ごめんなさいヒスイちゃん、それ、違うと思います……え、まって、違わない？　え？　好きなの？」

あの洞窟での事がミリアムの脳裏を過《よぎ》る。

自分の不注意で顔にアレを押し付けてしまった時。

〝シリューさん、もしかして喜んでた⁉　え……へ、へんたいっ⁉〟

自分の知らないところで、あらぬ濡れ衣を着せられようとしている事を、当然ながらシリューは知らなかった。

「ヒスイちゃん、パンツはダメ、パンツはダメ……」

さすがにソレを贈るほどの勇気はない。というか、ソレを贈ったら完全に変態だ。

「いろいろ探してみるのっ」

「そう、ですね。じゃあいきましょう。ヒスイちゃん、こっちへ」

「はい、なの」

ミリアムが胸元のボウタイを摘まんで開けた隙間に、ヒスイはすいっ、と潜り込んだ。

「まず、そこのアクセサリーの店を見てみましょうか」

ミリアムたちが入ったのは、若者の間で人気の、手頃な価格帯でお洒落な商品を扱う店だった。

「男の子って、アクセサリー着けたりするのかな？」

魔法効果の付与された物なら、冒険者ならずとも身を守る為に着ける事はあるが、大抵は値段も高く、専門の店にしか置いていない。

「これ、ご主人様に似合いそうなの」

ヒスイが指差したのは、三連になった派手なウォレットチェーン。

「ホントですね、あ、こっちもっ」

ミリアムは、黒い革紐に羽根をモチーフにしたペンダントを手に取る。

「これもいいのっ」

黒革で幅広のブレスレットには、必要以上の鋲《びょう》が打たれている。

「それって、もう防具ですよ」

それから、ドラゴンを模《かたど》ったラペルピンに、大きな赤い石の付いた指輪。

「ぷっ、に、似合い過ぎっ、ヒスイちゃん、それ、だれですかっ」

選んだ全てのアクセサリーを着けたシリューを想像して、ミリアムは思わず吹き出してしまった。

「それじゃ、ご主人様、変な人なの」

調子に乗り過ぎた。

「冷静になりましょうヒスイちゃん」

「アクセサリーはやめるの？」

「なんとなく、シリューさんらしくないです」

二人が次に向かったのは洋服店。

だったが……。

「えっと……？」

「……？　なの……」

二人とも、シリューの好みも、今の流行りも知らなかった。

「どうしよ、何も思いつきません……」

「イヴリンに聞いてみるの」

「イヴリン？　えっと、防具屋のベアトリスさん？」

たしかに、経験豊富そうなベアトリスなら、的確なアドバイスをくれそうだ。

という事で、二人はベアトリスの防具屋『赤い河』を訪ねた。当然のようにミリアムは迷いそうになったが、ヒスイはしっかりと道順を覚えていた。

「いらっしゃい神官さん、あら、ヒスイちゃんも一緒？　珍しい組み合わせだけど、今日はどうしたのかしら？」

店のカウンターから出迎えたベアトリスは、いつもの通りのビキニアーマーだった。

「……シリューくんにプレゼント？」

「はい……」

事情聞いたベアトリスはカウンターに腰を預け、妖艶《ようえん》な仕草で腕を組む。

「そう、それで私に……ね」

「ええ。私、なんにも浮かばなくて……」

真剣な表情で佇むミリアムの全身に、ベアトリスはゆっくりと視線を這わせる。

「そうねぇ、本来なら何もいらないと思うけど……いいわ、暫くの間モデルをしてくれるなら、最高に刺激的なビキニアーマー、作ってあげる」

「えっ？　あ、あのっプレゼントは、シリューさんにあげるんですけど……」

「そうよ」

「えっと……え？　なんで、私が……？」

ベアトリスは、訳が分からず首を傾げるミリアムの鼻先に、びっ、と指先を突き出した。

「あなたなら、何も身に着けないままでも十分刺激的だけど、任せて。シリューくんが野獣になるような一品を作ってみせるわ」

「いえ、あの、野獣って……シリューさんが？　えと、えと……ど、どこ、で……？」

聞かなくてもいい事を、わざわざ聞いてしまい、ミリアムは文字通り墓穴をほった。

「それはもちろん、二人っきりの、夜の、ベッ……」

「みゃあああああ!!」

漸くミリアムにも理解できた。理解はできたができない。

「着ませんっっ、着ませんっっっ!!　私たち、まだそんな関係じゃありませんっ！」

焦ったミリアムは、更に深く墓穴を掘る。

「まだ？　あれ、まだだったの？　じゃあいつかそういう関係になりたい、と？」

「ちちちちっちがいますううう！」

「あら、違うの？」

「ち、ちがっ、ちがくなっ、ちが……」

「やっぱりなりたい、と」

「もうやだあぁ」

ミリアムは恥ずかしさのあまり涙目になりながら、千切れるような勢いで首を左右に振った。

ベアトリスの的確な、そしてとってもエロいアドバイスは、ミリアムの精神力を容赦なく削った。

◇◇◇◇◇◇

「ミリちゃん」

がっくりと肩を落とし、まるで幽鬼《ゆうき》のようにふらふら歩くミリアムに、ヒスイが心配そうに声を掛けた。

「ミリちゃん、大丈夫？」

「はっ、い、今っ、なんか、魂が空に飛んでいきかけたっっ」

メリッサにしろベアトリスにしろ、どうしてあんなオトナな発想なのか。

〝……っていうか、私が、子供なだけ？　じゃあもう私で良くない？〟

ミリアムの認識も少しずつ壊れ始めていた。

「みゃあああ、な、なな、なに考えてるの私っっ」

オトナな階段を昇る前に、というより、変な坂道を転がるすんでのところで、ミリアムはなんとか踏みとどまった。

「……でも、やっぱり、いつも身に付けてくれる物がいいなあ」

ふらっと立ち寄った道具屋で、ミリアムは吐息混じりに呟いた。

「それなら、こっちなのっ」

その道具屋の奥まった棚に積まれた木箱。

ヒスイが指差したその小箱を、ミリアムは何気なく手に取り、貼られたラベルに目をやる。

「かわいい箱ですねえ、これって……」

書かれた文字の意味に改めて気付いたミリアムの顔が、みるみると赤く染まる。

「こ、これ……あのっ、ひ、ひにっ、んっ」

「ミリちゃん、ご主人様に使ってもらうのっ」

ヒスイもオトナだった。

「む、ムリ、ムリ、ですう」

顔だけでなく、全身のぼせたように真っ赤になったミリアムは、おぼつかない足取りで道具屋を出る。

「……ヒスイちゃん……結局、シリューさんって、何が好きなのかなあ……」

「あ、大事な事を忘れていたの」

「大事な事？」

「ミリちゃん」

ヒスイは天使のような笑顔でミリアムを見つめた。

「はい？」

「だから、ミリちゃん、なの」

「えっと……え？」

ミリアムは言葉の意味が飲み込めず、きょとんとヒスイを見つめ返した。

「ご主人様は、ミリちゃんが街からいなくなった時、凄く不安な顔になったの。そして凄く焦っていたの。印象共有《イメージシェア》で、ミリちゃんの腫れあがった顔を見た時、ご主人様は別人になったように凄く凄く怒ったの。だから、ご主人様が一番好きなのは、ミリちゃん、なの」

ミリアムの全身を突風《とっぷう》が吹き抜ける。

「あ、え……っ」

息をするのも忘れミリアムはただ立ち尽くす。

「ミリちゃん……？」

「え、あ、えへっ、えへへへ……」

改めて聞かされると、無意識に頬が緩む。

「あ……」

何故だか急に、目の前の靄が晴れるように、頭の中も胸の中もスッキリと迷いが消えた。

「うんっ、そっか、私が選べばいいんだ♪」

ミリアムは両手の拳を胸の前でぎゅっと結んだ。

「ミリちゃん？」

「いきましょうヒスイちゃん」

〝ちゃんと、私が選んだ物を、プレゼントすればいいんですよねっ〟

ミリアムは、すぐ傍の雑貨屋に入った。

◇◇◇◇◇

「シリューさんっ、あの、これっ……いろいろ助けてもらったお礼、ですっ」

数日後。

自分から誘った昼食の席で、ミリアムはシリューにあの日選んだプレゼントを渡した。

「ミリアム……？　そんな、別にお礼なんてしなくていいのに……」

「迷惑、ですか……？」

どこか戸惑うようなシリューの表情に、ミリアムは少し不安になる。

「そ、そうじゃないって、ほら……あ、いや……」

シリューは瞳を潤ませたミリアムの顔を見て、言葉を飲み込む。

そして、ミリアムの手から、そっと包みを受け取った。

「ありがとう、開けていい？」

ミリアムは無言のまま、こくんっと頷く。

結局あの後、ミリアムが選んだのは……。

「へえ、ハンカチか……」

包みの中には、上質の布を使った、綺麗なパネルチェックのハンカチが二枚。一枚は薄い緑色で、もう一枚はベージュを基調にした同じデザインで、見た目からも高級感が漂う。

「凄く、綺麗だ……」

テーブルに両肘《りょうひじ》をつき、目の高さでハンカチを広げたシリューが、ミリアムの向かいで囁く。

「大切にするよ……」

シリューの視線が、そっとミリアムに注がれる。

「え……」

「でも、汚したくないな……」

「あ、あ、あの、シリュー、さん？」

もちろん、シリューが言っているのは、ハンカチの事だ。

「どうした？　大丈夫か？　顔赤いぞ、熱あるんじゃ……」

心配そうな顔でシリューがそっと伸ばした手を、ミリアムは身を引いて躱した。

「だ、大丈夫ですっ、別に、これはっ、ちょっと、紅茶が熱かっただけ、ですっ」

「そうか？　ならいいけど……。これ、使わせてもらうよ。ありがとう」

シリューは涼し気に笑った。

「シリューさん、そういうトコですよ……」

俯いたミリアムの呟きは、シリューには聞こえなかった。

あとがき

こんにちは、そして二巻からの方、初めまして。

水辺野かわせみです。

この度は『最凶災厄の冒険者は一度死んでから人助けに奔走する2』をお手に取っていただき、誠にありがとうございます。

新登場の天然系ポンコツヒロイン、いかがでしたでしょうか。

シリアス調に展開した一巻の第一章・第二章からは一転、この第二巻ではミリアムをメインとしたコメディー調となりましたので、中には驚かれた方もいらっしゃるのではないでしょうか。

ですが、安心してください。

別に途中で路線変更した訳ではなく、この二巻からの展開こそが本作のコンセプトです。

肩肘張らず、のんびりと、気軽に楽しんでいただけたなら幸いです。

一巻でも紹介させていただいた通り、本作は『小説家になろう』に公開しており、このあとがきを書いている現在、第七章まで約六十一万字を連載中という、わりと長い物語です。

本書『最凶災厄の冒険者は一度死んでから人助けに奔走する2』は、その第三章と第四章にエピソードを加筆し収録しています。

『小説家になろう』で書き始めて既に二年以上が経ちますが、ここまで投げ出す事なく続けてこられたのも、そしてこうやって本という形にしていただけたのも、ひとえに皆様の応援があってこそと感謝に堪えません。

さて、話題はかわりますが、ここで今後の展開について少しだけ……。

この後、第五章ではシリューとミリアムが協力して、野盗団を操っていた黒幕に挑みます。

そして第六章、二人はともにレグノスを旅立ち、四人めのヒロインも登場し、戦闘もラブコメ度も、ボケ・ツッコみも増し増しに進んでいきます。

一巻、二巻を気に入っていただけた方は、よろしければWEB版もお楽しみください。

最後になりましたが、本作を出版するにあたりご尽力くださった皆様、そしてこの本をお手に取っていただいた皆様へ、心から感謝申し上げます。

二〇二〇年五月　水辺野かわせみ

原作小説
本好きの下剋上
司書になるためには手段を選んでいられません
香月美夜
miya kazuki
イラスト：椎名 優
you shiina
その本のない世界で
本を愛する少女は全力を尽くす。
本を読める
世界をつくれ！

第一部
兵士の娘
1～3巻

第二部
神殿の巫女見習い
1～4巻

第三部
領主の養女
1～5巻

第四部
貴族院の自称図書委員
1～9巻
＋貴族院外伝一年生
＋短編集

第五部
女神の化身
1～2巻

最凶災厄の冒険者は
一度死んでから人助けに奔走する２

2020年8月1日　第1刷発行

著　者　水辺野かわせみ

協　力　株式会社MARCOT
発行者　本田武市

発行所　TOブックス
〒150-0045
東京都渋谷区神泉町18-8　松濤ハイツ2F
TEL 03-6452-5766（編集）
0120-933-772（営業フリーダイヤル）
FAX 050-3156-0508
ホームページ　http://www.tobooks.jp
メール　info@tobooks.jp

印刷·製本　中央精版印刷株式会社

ISBN978-4-86699-021-7